Contemporánea

Antonio Skármeta nació en Antofagasta, Chile, en 1940. Estudió filosofía y literatura en su país y en Nueva York. De 1967 a 1973, año en que se instaló en Berlín, impartió clases de literatura en la Universidad de Chile. Desde 1981, vive como escritor, director de cine y teatro y profesor invitado de numerosas universidades norteamericanas y europeas. Tras muchos años en Alemania, volvió a su país en 1990 y se incorporó al Instituto Goethe de Santiago de Chile. De su producción literaria cabe destacar las novelas *Soñé que la nieve ardía*, *No pasó nada*, *La insurrección*, *La velocidad del amor (Match Ball)*, *El cartero de Neruda*, *La boda del poeta*, *La chica del trombón*, *Un padre de película* y *Los días del arco iris*, y los libros de relatos *El entusiasmo*, *Desnudo en el tejado* y *Tiro libre*, todos ellos traducidos a numerosos idiomas y premiados en diversas ocasiones. Entre otros galardones ha recibido el Premio Planeta (2003) por su novela *El baile de la victoria* y el Premio Nacional de Literatura de Chile (2014). Ha sido distinguido con el título de Caballero de las Artes y las Letras, otorgado por el Ministerio de Cultura de Francia, así como con una beca de la Fundación Guggenheim y la del Programa de las Artes de Berlín. Su actividad como guionista incluye filmes como *Reina la tranquilidad en el país* y *La insurrección*, de Peter Lilienthal, y *Desde lejos veo este país*, de Christian Ziewer. Como director de cine ha rodado documentales y largometrajes, entre los que destaca *Ardiente paciencia*, galardonado en los festivales de Huelva, Burdeos y Biarritz, y distinguido con los premios Adolf Grimme Preis (Alemania) y el Georges Sadoul al mejor filme extranjero del año en Francia. Antonio Skármeta también ha trabajado como traductor, vertiendo al castellano obras de Mailer, Kerouac y Scott Fitzgerald.

Antonio Skármeta

Desnudo en el tejado

DEBOLS!LLO

Primera edición: julio de 2014
Primera reimpresión: junio de 2018

© 1969, Antonio Skármeta
© 2002, Penguin Random House Grupo Editorial, S. A. U.
Travessera de Gràcia, 47-49. 08021 Barcelona

Penguin Random House Grupo Editorial apoya la protección del *copyright*.
El *copyright* estimula la creatividad, defiende la diversidad en el ámbito de las ideas
y el conocimiento, promueve la libre expresión y favorece una cultura viva.
Gracias por comprar una edición autorizada de este libro y por respetar las leyes del *copyright*
al no reproducir, escanear ni distribuir ninguna parte de esta obra por ningún medio sin permiso.
Al hacerlo está respaldando a los autores y permitiendo que PRHGE continúe publicando libros
para todos los lectores. Diríjase a CEDRO (Centro Español de Derechos Reprográficos,
http://www.cedro.org) si necesita fotocopiar o escanear algún fragmento de esta obra.

Printed in Spain – Impreso en España

ISBN: 978-84-9793-120-5
Depósito legal: B-51.334-2003

Compuesto en Infillibres, S. L.

Impreso en BookPrint Digital, S. A.

P 8 3 1 2 0 A

Penguin
Random House
Grupo Editorial

EL CICLISTA DEL SAN CRISTÓBAL

> ... y abatíme tanto, tanto,
> que fui tan alto, tan alto,
> que le di a la caza alcance...
>
> SAN JUAN DE LA CRUZ

Además era el día de mi cumpleaños. Desde el balcón de la Alameda vi cruzar parsimoniosamente el cielo ese Sputnik ruso del que hablaron tanto los periódicos y no tomé ni así tanto porque al día siguiente era la primera prueba de ascensión de la temporada y mi madre estaba enferma en una pieza que no sería más grande que un ropero. No me quedaba más que pedalear en el vacío con la nuca contra las baldosas para que la carne se me endureciera firmeza y pudiera patear mañana los pedales con ese estilo mío al que le dedicaron un artículo en *Estadio*. Mientras mamá levitaba por la fiebre, comencé a pasearme por los pasillos consumiendo de a migaja los queques que me había regalado la tía Margarita, apartando acuciosamente los trozos de fruta confitada con la punta de la lengua y escupiéndolos por un costado que era una inmundicia. Mi viejo salía cada cierto tiempo a probar el ponche, pero se demoraba cada vez cinco minutos en revolverlo, y suspiraba, y después le metía picotones con los dedos a las presas de duraznos que flotaban como náufragos en la mezcla de blanco barato, y pisco, y orange, y panimávida.

Los dos necesitábamos cosas que apuraran la noche y trajeran urgente la mañana. Yo me propuse suspender la gimnasia y lustrarme los zapatos; el viejo le daba vueltas al guía con la probable idea de llamar una ambulancia, y el cielo estaba despejado, y la noche muy cálida, y mamá decía entre sueños «Estoy incendiándome», no tan débil como para que no la oyéramos por entre la puerta abierta.

Pero esa era una noche tiesa de mechas. No aflojaba un ápice la crestona. Pasar la vista por cada estrella era lo mismo que contar cactus en un desierto, que morderse hasta sangrar las cutículas, que leer una novela de Dostoiewski. Entonces papá entraba a la pieza y le repetía a la oreja de mi madre los mismos argumentos inverosímiles, que la inyección le bajaría la fiebre, que ya amanecía, que el doctor iba a pasar bien temprano de mañana antes de irse de pesca a Cartagena.

Por último le argumentamos trampas a la oscuridad. Nos valimos de una cosa lechosa que tiene el cielo cuando está trasnochado y quisimos confundirla con la madrugada (si me apuraban un poco hubiera podido distinguir en pleno centro algún gallo cacareando).

Podría ser cualquier hora entre las tres y las cuatro cuando entré a la cocina a preparar el desayuno. Como si estuvieran concertados, el pitido de la tetera y los gritos de mi madre se fueron intensificando. Papá apareció en el marco de la puerta.

—No me atrevo a entrar —dijo.

Estaba gordo y pálido y la camisa le chorreaba simplemente. Alcanzamos a oír a mamá diciendo: «que venga el médico».

—Dijo que pasaría a primera hora en la mañana —repitió por quinta vez mi viejo.

Yo me había quedado fascinado con los brincos que iba dando la tapa sobre las patadas del vapor.

—Va a morirse —dije.

Papá comenzó a palparse los bolsillos de todo el cuerpo. Señal que quería fumar. Ahora le costaría una barbaridad hallar los cigarrillos y luego pasaría lo mismo con los fósforos y entonces yo tendría que encendérselo en el gas.

—¿Tú crees?

Abrí las cejas así tanto, y suspiré.

—Pásame que te encienda el cigarrillo.

Al aproximarme a la llama, noté confundido que el fuego no me dañaba la nariz como todas las otras veces. Extendí el cigarro a mi padre, sin dar vuelta la cabeza, y conscientemente puse el meñique sobre el pequeño manojo de fuego. Era lo mismo que nada. Pensé: «se me murió este dedo o algo», pero uno no podía pensar en la muerte de un dedo sin reírse un poco, de modo que extendí toda la palma y esta vez toqué con las yemas las cañerías del gas, cada uno de sus orificios, revolviendo las raíces mismas de las llamas. Papá se paseaba entre los extremos del pasillo cuidando de echarse toda la ceniza sobre la solapa, de llenarse los bigotes de mota de tabaco. Aproveché para llevar la cosa un poco más adelante, y puse a tostar mis muñecas, y luego los codos, y después otra vez todos los dedos. Apagué el gas, le eché un poco de escupito a las manos, que las sentía secas, y llevé hasta el comedor la cesta con pan viejo, la mermelada en tarro, un paquete flamante de mantequilla.

Cuando papá se sentó a la mesa, yo debía haberme puesto a llorar. Con el cuello torcido hundió la vista en el café amargo como si allí estuviera concentrada la resignación del planeta, y entonces dijo algo, pero no alcancé a oírlo, porque más bien parecía sostener un incrédulo diálogo con algo íntimo, un riñón por ejemplo, o un fémur. Después se metió la mano por la camisa abierta y se mesó el ensamble de pelos que le enredaban el pecho. En la mesa había una cesta de ciruelas, damascos y duraznos un poco machucados. Durante un momento las frutas permanecieron vírgenes y acunadas, y yo me puse a mirar a la pared como si me estuvieran pasando una película o algo. Por último agarré un prisco y me lo froté sobre la solapa hasta sacarle un brillo harto pasable. El viejo nada más que por contagio levantó una ciruela.

—La vieja va a morirse —dijo.

Me sobé fuertemente el cuello. Ahora estaba dándole vueltas al hecho de que no me hubiera quemado. Con la lengua le lamí los conchos al cuesco y con las manos comencé a apretar las migas sobre la mesa, y las fui arrejuntando en montoncitos, y luego las disparaba con el índice entre la taza y la panera. En el mismo instante que tiraba el cuesco contra un pómulo, y me imaginaba que tenía manso cocho en la muela poniendo cara de circunstancia, creí descubrir el sentido de por qué me había puesto incombustible, si puede decirse. La cosa no era muy clara, pero tenía la misma evidencia que hace pronosticar una lluvia cuando el queltehue se viene soplando fuerte: si mamá iba a morirse, yo también tendría que emigrar del planeta. Lo del fuego era como una sinopsis de una película de miedo, o a lo mejor era puro blá-blá mío, y lo único que pasaba era que las idas al biógrafo me habían enviciado.

Miré a papá y, cuando iba a contárselo, apretó delante de los ojos sus mofletudas palmas hasta hacer el espacio entre ellas impenetrable.

—Vivirá —dije—. Uno se asusta con la fiebre.

—Es como la defensa del cuerpo.

Carraspeé.

—Si gano la carrera tendremos plata. La podríamos meter en una clínica pasable.

—Si acaso no se muere.

Escupí sobre el hombro el cuesco lijadito de tanto meneallo. El viejo se alentó a pegarle un mordiscón a un durazno harto potable. Oímos a mamá quejarse en la pieza, esta vez sin palabras. De tres tragadas acabé con el café, casi reconfortado que me hiriera el paladar. Me eché una marraqueta al bolsillo, y al levantarme, el pelotón de migas fue a refrescarse en una especie de pocilla de vino sólo en apariencia fresca, porque desde que mamá estaba en cama las manchas en el mantelito duraban de a mes, pidiendo por lo bajo.

Adopté un tono casual para despedirme, medio agringado dijéramos.

—Me voy.

Por toda respuesta, papá torció el cuello y aquilató la noche.

—¿A qué hora es la carrera? —preguntó, sorbiendo un poco del café.

Me sentí un cerdo, y no precisamente de esos giles simpáticos que salen en las historietas.

—A las nueve. Voy a hacer un poco de precalentamiento.

Saqué del bolsillo las horquetas para sujetarme las bastillas, y agarré de un tirón la bolsa con el equipo. Simultáneamente estaba tarareando un disco de los Beatles, uno de esos psicodélicos.

—Tal vez te convendría dormir un poco —sugirió papá—. Hace ya dos noches que...

—Me siento bien —dije, avanzando hacia la puerta.

—Bueno, entonces.
—Que no se te enfríe el café.

Cerré la puerta tan dulcemente como si me fuera de besos con una chica, y luego le aflojé el candado a la bicicleta desprendiéndola de las barras de la baranda. Me la instalé bajo el sobaco, y sin esperar el ascensor corrí los cuatro pisos hasta la calle. Allí me quedé un minuto acariciando las llantas sin saber para dónde emprenderla, mientras que ahora sí soplaba un aire madrugador, un poco frío, lento.

La monté, y de un solo envión de los pedales resbalé por la cuneta y me fui bordeando la Alameda hasta la plaza Bulnes, y le ajusté la redondela a la fuente de la plaza, y enseguida torcí a la izquierda hasta la boite del Negro Tobar y me ahuaché bajo el toldo a oír la música que salía del subterráneo. Lo que fregaba la cachimba era no poder fumar, no romper la imagen del atleta perfecto que nuestro entrenador nos había metido al fondo de la cabeza. A la hora que llegaba entabacado, me olía la lengua y pa'fuera se ha dicho. Pero además de todo, yo era como un extranjero en la madrugada santiaguina. Tal vez fuera el único muchacho de Santiago que tenía a su madre muriéndose, el único y absoluto gil en la galaxia que no había sabido agenciarse una chica para amenizar las noches sabatinas sin fiestas, el único y definitivo animal que lloraba cuando le contaban historias tristes. Y de pronto ubiqué el tema del cuarteto, y precisamente la trompeta de Lucho Aránguiz fraseando eso de «No puedo darte más que amor, nena, eso es todo lo que te puedo dar», y pasaron dos parejas silenciosas frente al toldo, como cenizas que el malón del colegio había derramado por las aceras, y había algo lúgubre e inolvidable en el susurro del grifo esquinero, y parecía surgido del mar plateado encima de la pileta el carricoche del lechero, lento a pesar del brío de sus caballos, y el viento se venía llevando envoltorios de cigarrillos, de chupetes helados, y el baterista arrastraba el tema como un largo cordel que no tiene amarrado nada en la punta —shá-shá-dá-dá— y salió del subterráneo un joven ebrio a secarse las narices transpirando, los ojos patinándole, rojos de humo, el nudo de la corbata dislocado, el pelo agolpado sobre las sienes, y la orquesta le metió al tango, *sophisticated*, siempre el mismo, siempre uno busca lleno de esperanzas, y los edificios de la avenida Bulnes en cualquier momento podían caerse muertos, y después el viento soplaría aún más descoyuntador, haría veletas de navío, barcazas y mástiles de los andamiajes, haría barriles de alcohol de los calefactores modernos, transformaría en gaviotas las puertas, en espuma los parquets, en peces las radios y las planchas, los lechos de los amantes se incendiarían, los trajes de gala, los calzoncillos, los brazaletes serían cangrejos, y serían moluscos, y serían arenilla, y a cada rostro el huracán le daría lo suyo, la máscara al anciano, la carcajada rota al liceano, a la joven virgen el polen más dulce, todos derribados por las nubes, todos estrellados contra los planetas, ahuecándose en la muerte, y yo entre ellos pedaleando el huracán con mi bicicleta diciendo no te mueras mamá, yo cantando Lucy en el cielo y con diamantes, y los policías inútiles con sus fustas azotando potros imaginarios, a horcajadas sobre el viento, azotados por parques altos como volantines, por estatuas, y yo recitando los últimos versos aprendidos en clase de castellano, casi a desgano, dibujándole algo pornográfico al cuaderno de Aguilera, hurtándole el cocaví a Kojman, clavándole un lápiz en el trasero al Flaco Leiva, yo recitando, y el joven se apretaba el cinturón con la misma parsimonia con que un sediento de ternura abandona un lecho amante, y de pronto cantaba frívolo, distraído de la letra, como si cada canción fuera apenas un chubasco antes del sereno, y después bajaba tambaleando la escalera, y Luchito Aránguiz agarraba un solo de «uno» en trompeta y comenzaba a apurarlo, y todo se hacía jazz, y cuando quise buscar un poco del aire de la madrugada que me enfriase el paladar, la garganta, la liebre que se me rompía entre el vientre y el hígado, la cabeza se me fue contra la muralla, violenta, ruidosa, y me aturdí, y escarbé en los pantalones, y extraje la cajetilla, y fumé con ganas, con codicia, mientras me iba resbalando sobre la pared hasta poner mi cuerpo contra las baldosas, y entonces crucé las palmas y me puse a dormir dedicadamente.

Me despertaron los tambores, guaripolas y clarines de algún glorioso que daba vueltas a la noria de Santiago rumbo a ninguna guerra, aunque engalanados como para una fiesta. Me bastó montarme y acelerar la bici un par de cuadras, para asistir a la resurrección de los barquilleros, de las ancianas miseras, de los vendedores de maní, de los adolescentes lampiños con camisas y botas de moda. Si el reloj de San Francisco no mentía esta vez, me quedaban justo siete minutos para llegar al punto de largada en el borde del San Cristóbal. Aunque a mi cuerpo se lo comían los calambres, no había perdido la precisión de la puntada sobre la goma de los pedales. Por lo detrás había un sol de este volado y las aceras se veían casi despobladas.

Cuando crucé el Pío Nono, la cosa comenzó a animarse. Noté que los competidores que bordeaban el cerro calentando el cuerpo me piropeaban unas miradas de reojo. Distinguí a López del Audax limpiándose las narices, a Ferruto del Green trabajando con un bombín la llanta, y a los cabros de mi equipo oyendo las instrucciones de nuestro entrenador.

Cuando me uní al grupo, me miraron con reproche pero no soltaron la pepa. Yo aproveché la coyuntura para botarme a divo.

—¿Tengo tiempo para llamar por teléfono? —dije.

El entrenador señaló el camarín.

—Vaya a vestirse.

Le pasé la máquina al utilero.

—Es urgente —expliqué—. Tengo que llamar a la casa.

—¿Para qué?

Pero antes de que pudiera explicárselo, me imaginé en la fuente de soda del frente, entre niños candidatos al zoológico y borrachitos pálidos, marcando el número de casa para preguntarle a mi padre... ¿qué? ¿Murió la vieja? ¿Pasó el doctor por la casa? ¿Cómo sigue mamá?

—No tiene importancia —respondí—. Voy a vestirme.

Me zambullí en la carpa, y fui empiluchándome con determinación. Cuando estuve desnudo procedí a arañarme los muslos y luego las pantorrillas y los talones hasta que sentí el cuerpo respondiéndome. Comprimí minuciosamente el vientre con la banda elástica, y luego cubrí con las medias de lanilla todas las huellas granates de mis uñas. Mientras me ajustaba los pantaloncillos y apretaba con su elástico la camiseta, supe que iba a ganar la carrera. Trasnochado, con la garganta partida y la lengua amarga, con las piernas tiesas como de mula, iba a ganar la carrera. Iba a ganarla contra el entrenador, contra López, contra Ferruto, contra mis propios compañeros de equipo, contra mi padre, contra mis compañeros de colegio y mis profesores, contra mis mismos huesos, mi cabeza, mi vientre, mi disolución, contra mi muerte y la de mi madre, contra el presidente de la república, contra Rusia y Estados Unidos, contra las abejas, los peces, los pájaros, el polen de las flores, iba a ganarla contra la galaxia.

Agarré una venda elástica y fui prensándome

con doble vuelta el empeine, la planta y el tobillo de cada pie. Cuando los tuve amarrados como un solo puñetazo, sólo los diez dedos se me asomaban carnosos, agresivos, flexibles.

Salí de la carpa. «Soy un animal», pensé cuando el juez levantó la pistola, «voy a ganar esta carrera porque tengo garras y pezuñas en cada pata». Oí el pistoletazo y de dos arremetidas filudas, cortantes sobre los pedales, cogí la primera cuesta puntero. En cuanto aflojó el declive, dejé no más que el sol se me fuera licuando lentamente en la nuca. No tuve necesidad de mirar muy atrás para descubrir a Pizarnick del Ferroviario, pegado a mi trasera. Sentí piedad por el muchacho, por su equipo, por su entrenador que le habría dicho «Si toma la delantera, pégate a él hasta donde aguantes, calmadito, con seso, ¿entiendes?», porque si yo quería era capaz ahí mismo de imponer un tren que tendría al muchacho vomitando en menos de cinco minutos, con los pulmones revueltos, fracasado, incrédulo. En la primera curva desapareció el sol, y alcé la cabeza hasta la virgen del cerro, y se veía dulcemente ajena, incorruptible. Decidí ser inteligente, y disminuyendo bruscamente el ritmo del pedaleo dejé que Pizarnick tomara la delantera. Pero el chico estaba corriendo con la biblia en el sillín: aflojó hasta ponérseme a la par, y pasó fuerte a la cabeza un muchacho rubio del Stade Français. Ladeé el cuello hacia la izquierda y le sonreí a Pizarnick. «¿Quién es?», le dije. El muchacho no me devolvió la mirada. «¿Qué?», jadeó.

«¿Quién es?», repetí. «El que pasó adelante.» Parecía no haberse percatado que íbamos quedando unos metros atrás. «No lo conozco», dijo. «¿Viste qué máquina era?» «Una Legnano» repuse. «¿En qué piensas?» Pero esta vez no conseguí respuesta. Comprendí que había estado todo el tiempo pensando si ahora que yo había perdido la punta debía pegarse al nuevo líder. Si siquiera me hubiese preguntado, yo le habría prevenido; lástima que su biblia transmitía con solo una antena. Una cuesta más pronunciada, y buenas noches los pastores. Pateó y pateó hasta arrimársele al rucio, y casi con desesperación miró para atrás tanteando la distancia. Yo busqué por los costados a algún otro competidor para meterle conversa, pero estaba solo a unos veinte metros de los cabecillas, y al resto de los rivales recién se les asomaban las narices en la curvatura. Me amarré con los dedos el repiqueteo del corazón, y con una sola mano ubicada en el centro fui maniobrando la manigueta. ¡Cómo podía estar tan solo, de pronto! ¿Dónde estaban el rucio y Pizarnick? ¿Y González, y los cabros del club, y los del Audax Italiano? ¿Por qué comenzaba ahora a faltarme el aire, por qué el espacio se arrumaba sobre los techos de Santiago, aplastante? ¿Por qué el sudor hería las pestañas y se encerraba en los ojos para nublar todo? Ese corazón mío no estaba latiendo así de fuerte para meterle sangre a mis piernas, ni para arderme las orejas, ni para hacerme más duro el trasero en el sillín, y más coces los enviones. Ese corazón mío me estaba traicionando, le hacía el asco a la empinada, me estaba botando sangre por las narices, instalándome vapores en los ojos, me iba revolviendo las arterias, me rotaba en el diafragma, me dejaba perfectamente entregado a un ancla, a mi cuerpo hecho una soga, a mi falta de gracia, a mi sucumbimiento.

—¡Pizarnick! —grité—. ¡Para, carajo, que me estoy muriendo!

Pero mis palabras ondulaban entre sien y sien, entre los dientes de arriba y los de abajo, entre la saliva y las carótidas. Mis palabras eran un perfecto círculo de carne: yo jamás había dicho nada. Nunca había conversado con nadie sobre la tierra. Había estado todo el tiempo repitiendo una imagen en las vitrinas, en los espejos, en las charcas invernales, en los ojos espesos de pintura negra de las muchachas. Y tal vez ahora —pedal con pedal, pisa y pisa, revienta y revienta— le viniera entrando el mismo silencio a mamá —y yo iba subiendo y subiendo y bajando y bajando— la misma muerte azul de la asfixia —pega y pega, rota y rota— la muerte de narices sucias y sonidos líquidos en la garganta —y yo torbellino serpenteo turbina engranaje corcoveo— la muerte blanca y definitiva —¡a mí nadie me revolcaba, madre!— y el jadeo de cuántos tres cuatro cinco diez ciclistas que me irían pasando, o era yo que alcanzaba a los punteros, y por un instante tuve los ojos entreabiertos sobre el abismo y debí apretar así duramente fuertemente las pestañas para que todo Santiago no se lanzase a flotar y me ahogara llevándome alto y luego me precipitara, astillándome la cabeza contra una calle empedrada, sobre basureros llenos de gatos, sobre esquinas canallas. Envenenado, con la mano libre hundida en la boca, mordiéndome luego las muñecas, tuve el último momento de claridad: una certeza sin juicio, intraducible, cautivadora, lentamente dichosa, de que sí, que muy bien, que perfectamente hermano, que este final era mío, que mi aniquilación era mía, que bastaba que yo pedaleara más fuerte y ganara esa carrera para que se la jugara a mi muerte, que hasta yo mismo podía administrar lo poco que me quedaba de cuerpo, esos dedos palpitantes de mis pies, afiebrados, finales, dedos ángeles pezuñas tentáculos, dedos garras bisturíes, dedos apocalípticos, dedos definitivos, deditos de mierda, y tirar el timón a cualquier lado, este u oeste, norte o sur, cara y sello, o nada, o tal vez permanecer siempre nortesudesteoestecarasello, moviéndome inmóvil, contundente. Entonces me llené la cara con esta mano y me abofeteé el sudor y me volé la cobardía; ríete imbécil me dije, ríete poco hombre, carcajéate porque estás solo en la punta, porque nadie mete finito como tú la pata para la curva del descenso.

Y de un último encumbramiento que me venía desde las plantas llenando de sangre linda, bulliciosa, caliente, los muslos y las caderas y el pecho y la nuca y la frente, de un coronamiento, de una agresión de mi cuerpo a Dios, de un curso irresistible, sentí que la cuesta aflojaba un segundo y abrí los ojos y se los aguanté al sol, y entonces sí las llantas se despidieron humosas y chirriantes, las cadenas cantaron, el manubrio se fue volando como una cabeza de pájaro, agudo contra el cielo, y los rayos de la rueda hacían al sol mil pedazos y los tiraban por todas partes, y entonces oí, ¡oí Dios mío!, a la gente avivándome sobre camionetas, a los muchachitos que chillaban al borde de la curva del descenso, al altoparlante dando las ubicaciones de los cinco primeros puestos; y mientras venía la caída libre, salvaje sobre el nuevo asfalto, uno de los organizadores me baldeó de pé a pá riéndose, y veinte metros adelante, chorreando, riendo, fácil, alguien me miró, una chica colorina, y dijo «mojado como un joven pollo», y ya era hora de dejarme de pamplinas, la pista se resbalaba, y era otra vez tiempo de ser inteligente, de usar el freno, de ir bailando la curva como un tango o un vals a toda orquesta.

Ahora el viento que yo iba inventando (el espacio estaba sereno y transparente) me removía la tierra de las pupilas, y casi me desnuco cuando torcí el cogote para ver quién era el segundo. El Rucio, por supuesto. Pero a menos que tuviera pacto con el diablo podría superarme en el descenso, y nada más que por un motivo bien simple que aparece técnicamente explicado en las revistas de deportes y que puede resumirse así: yo nunca utilizaba el freno de mano, me limitaba a plantificar el zapato en las llantas cuando se esquinaban las curvas. Vuelta a vuelta, era la única fiera compacta de la ciudad con mi bicicleta. Los fierros, las latas, el cuero, el sillín, los ojos, el foco, el manubrio, eran un mismo argumento con mi lomo, mi vientre, mi rígido montón de huesos.

Atravesé la meta y me descolgué de la bici sobre la marcha. Aguanté los palmoteos en el hombro, los abrazos del entrenador, las fotos de los cabros de *Estadio*, y liquidé la coca-cola de una zampada. Después tomé la máquina y me fui bordeando la cuneta rumbo al departamento.

Una vacilación tuve frente a la puerta, una última desconfianza, tal vez la sombra de una incertidumbre, el pensamiento de que todo hubiera sido una trampa, un truco, como si el destello de la Vía Láctea, la multiplicación del sol en las calles, el silencio, fueran la sinopsis de una película que no se daría jamás, ni en el centro, ni en los biógrafos de barrio, ni en la imaginación de ningún hombre.

Apreté el timbre, dos, tres veces, breve y dramático. Papá abrió la puerta, apenitas, como si hubiera olvidado que vivía en una ciudad donde la gente va de casa en casa golpeando portones, apretando timbres, visitándose.

—¿Mamá? —pregunté.

El viejo amplió la abertura, sonriendo.

—Está bien —me pasó la mano por la espalda e indicó el dormitorio—. Entra a verla.

Carraspeé que era un escándalo y me di vuelta en la mitad del pasillo.

—¿Qué hace?

—Está almorzando —repuso papá.

Avancé hasta el lecho, sigiloso, fascinado por el modo elegante con que iba echando las cucharadas de sopa entre los labios. Su piel estaba lívida y las arrugas de la frente se le habían metido un centímetro más adentro, pero cuchareaba con gracia, con ritmo, con... hambre.

Me senté en la punta del lecho, absorto.

—¿Cómo te fue? —preguntó, pellizcando una galleta de soda.

Esgrimí una sonrisa de película.

—Bien, mamá. Bien.

El chal rosado tenía un fideo cabello de ángel sobre la solapa. Me adelanté a retirarlo. Mamá me suspendió la mano en el movimiento, y me besó dulcemente la muñeca.

—¿Cómo te sientes, vieja?

Me pasó ahora la mano por la nuca, y luego me ordenó las mechas sobre la frente.

—Bien, hijito. Hazle un favor a tu madre, ¿quieres?

La consulté con las cejas.

—Ve a buscar un poco de sal. Esta sopa está desabrida.

Me levanté, y antes de dirigirme al comedor, pasé por la cocina a ver a mi padre.

—¿Hablaste con ella? ¿Está animada, cierto?

Lo quedé mirando mientras me rascaba con fruición el pómulo.

—¿Sabes lo que quiere, papá? ¿Sabes lo que mandó a buscar?

Mi viejo echó una bocanada de humo.

—Quiere sal, viejo. Quiere sal. Dice que está desabrida la sopa, y que quiere sal.

Giré de un envión sobre los talones y me dirigí al aparador en busca del salero. Cuando me disponía a retirarlo, vi la ponchera destapada en el centro de la mesa. Sin usar el cucharón, metí hasta el fondo un vaso, y chorreándome sin lástima, me instalé el líquido en el fondo de la barriga. Sólo cuando vino la resaca, me percaté que estaba un poco picadito. Culpa del viejo de mierda que no aprende nunca a ponerle la tapa de la cacerola al ponche. Me serví otro trago, qué iba a hacerle.

A LAS ARENAS

> *J'ai tiré ma rouloure de vie au milieu des sables.*
>
> SAMUEL BECKETT, *En attendant Godot*

Jugueteé con el dólar de plata presionando el pulgar en el relieve. Por un momento tuve la idea de decirle al mexicano: «Trae mala suerte. La vieja en Biloxi dijo que traía mala suerte». Abrí la canilla y bebí agua de la llave chorreándome el cuello.
—Trae mala suerte —dije.
El mexicano pateó el cajón. Detrás tenía un afiche de la Virgencita de Guadalupe desteñido por todas partes. Volví la vista a la mesa y quise releer el anuncio del periódico. El mexicano se despegó de la pared y pude verle la camisa roja mojada hasta la cintura. Cuando quise limpiarme el agua de la barbilla, ya estaba confundida con la humedad. Lo oí carraspear, e instintivamente apreté el dólar hasta que me dolieron las uñas.

—Hermanito —me dijo el mexicano—, seamos razonables. Platiquémoslo suavemente.

Con toda delicadeza levantó el cajón metiendo la mano en la abertura, y sin despegarme la vista lo arrimó hasta la mesa y se sentó suspirando.

—Punto uno —dijo tratando de parecer racional, aunque mascaba las palabras—. Tú dices que trae mala suerte.

A estas alturas, había cambiado de opinión. Casi adivinaba el argumento que venía. Se lo dije:

—Ya sé lo que vas a argumentarme. Vas a decir: ¿y cómo le llamas a esto?

Mexicancityboy se rascó la sien.

—Vas por buen camino. ¿Cuál es la respuesta?

—No sé cómo llamarlo. Pero estamos jodidos.

—¿Podríamos estar más jodidos?

—Difícilmente.

—Luego...

Le indiqué el aviso.

—Hay un problema —dije.

El mexicano se puso alerta con las cejas. Sentí ganas de beber más agua.

—Aquí dice «precio según el grupo». ¿Qué es eso?

—Es muy fácil. Hay grupos a be ce de o uno dos tres cuatro. También erre hache negativo. Ése lo pagan mejor porque andan escasos.

—¿Y?

—Si tienes erre hache, te pagan el doble. Es por la ley de la oferta y la demanda, ¿comprendes? Pero a ti te pagarán quince.

Me acaricié el brazo.

—¿Cuánto te dieron a ti?

—Diez. Pero yo soy mexicano.

—¿Y por qué a mí me habrían de dar más? Yo también soy latino.

—Pero eres castaño. Yo estoy chingado por la piel. Si me tostara un poco más al sol, podría veranear en Harlem.

Me rasqué una oreja.

—Se van a dar cuenta por el acento.

El mexicano se puso de pie.

—Tienes razón —dijo—. Vamos a tener que ensayarlo. Levántate.

Dejé que me condujera hasta la puerta sin hacerle resistencia.

—Ahora golpeas, te acercas a mí y me dices lentamente: *Ai laik tu sel sam blad.*

Entreabrí la puerta, di un paso en la habitación y dije:

—*Ai laik tu sel sam blad.*

—Perfecto. Eso es todo.

—Espérate —le dije—. Suponte que me pregunta algo. Suponte que me pregunta de qué grupo es mi sangre.

—Te haces el idiota hermanito, sonríes y dices: *Ai dont nou.* Repitamos todo.

Entreabrí la puerta y avancé un paso en el cuarto:

—*Ai laik tu sel sam blad.*

—¿*Wats yuar grup?*

—*Ai dont nou.*

El mexicano comenzó a ajustarse la corbata.

—Ponte el saco. Yo te esperaré en la puerta.

Puse el dólar en el bolsillo perro, y antes de tirarme encima la chaqueta, la aplanché con las palmas sobre el colchón. Le eché un poco de escupito a la vieja mancha de chianti, de cuando la chaqueta y yo conocíamos días mejores. Al apretarme el nudo, sentí que la humedad me haría reventar en cualquier momento. En cuanto tuviera plata cambiaría los cigarrillos por un cartón de leche. Uno puede entrar a los cafés y ningún borracho le niega un cigarrillo. Pero a veces cuesta encontrar quien convide con un vaso de leche. Uno se siente mal de pedirlo. No es lo mismo que el cigarro.

Salimos a la calle Diez, y no habría en la cuadra más de quince holgazanes, acunados en los zaguanes con latas de cerveza en las manos. Nos fuimos caminando hasta Stuveysant Place para conseguir un bus directo.

—Antes que nada —dije de repente—, planifiquemos nuestra vida.

Avanzábamos tratando de conseguir la sombra delgada que caía sobre la mitad de la acera.

—Tenemos algunas deudas —abrí el tema.

El mexicano asintió.

—¿Rubros?

—¿Excluidos los restaurantes?

—Yo creo.

—Debemos ocho en el almacén.

—Pagar cuatro. Nos conviene mantener el crédito abierto.

Carraspeé lúgubremente. Hasta el tranco se me anduvo atragantando.

—Nos quedan once.

El otro también tragó saliva.

—Once —repitió ido. Y luego sólo un poco más recuperado—: Bueno, es algo, ¿no?

Tuve que admitirlo.

—Planifiquémoslo.

—Arroz —dijo Frontierboy—. Un saquito de arroz, es barato y alimenta.

Yo tenía algunas dudas porque todos los chinos que conocía eran flacos chicos e ictericios. En todo caso el arroz llenaba. Lo que había que evitar después de todo era esa sensación en el estómago como si te estuvieran sacando el aire con una cuerda.

—Fréjoles —agregué—. Es barata la libra. Además si mezclamos el arroz con los fréjoles, tendríamos algo así como un menú, ¿comprendes?

El mexicano se limpió los labios con la muñeca.

—Hay que balancear la dieta —dictaminó—. Aunque nos duela en el alma, tendremos que adquirir salchichas.

Tragué saliva.

—Diez a un *daim* cada una, hacen un dólar. Un dólar de fréjoles y un dólar de arroz: tres. Pagamos cuatro al almacén. Nos quedan ocho. Ocho dólares.

Me miró la desolación en el rictus de la boca y se limpió las narices. Siempre se daba coraje sonándose los mocos.

—No está mal —dijo—. Considera que podremos comer durante quince días.

—Veinte —proclamé—. Veinte a razón de media salchicha diaria.

Nos pusimos de perfil al pasar frente a la pizzería Martini. Cuando se aprestaba a hacer parar un bus, lo retuve de la manga.

—Hay un problema —dije.

—¿Qué pasó? Ése es el bus al San Lucas.

—Hay un problema. El dólar de plata.

—¿Qué hay con él?

Me palpó el bolsillo constatando su existencia.

—Estaba pensando —dije—. Tal vez el chófer del bus no lo acepte. Tal vez piense que nos estamos burlando de él. En fin, no sé.

—Tienes razón —murmuró Frontier—. Podríamos ahorrarnos el dólar e ir caminando. Son solamente cincuenta cuadras.

Miramos los patios de cemento de Stuveysant Oval que ahora deberíamos cruzar, y la verdad que en toda la zona no había sombra ni para cubrirse una uña. Echamos a andar, pensando en una sola cosa. Pensando en cerveza.

El mexicano a las veinte cuadras se puso metafísico.

—¿Cómo hemos podido descender tanto? —dijo.

A mí me extrañó la pregunta, no tanto porque adulterara nuestra situación, la definía categóricamente, sino porque nunca habíamos estado demasiado arriba para que descendiéramos «tanto». Por un momento tuve la encantadora sospecha de que el mexicano tuviera un pasado esplendoroso. Yo también había tenido mi día de gloria como quien dice, pero hacía dos años en Santiago, lo que no era gracia.

—¿Qué quieres decir? —pregunté, haciéndome incluso el ofendido.

Frontierboy no se limpió esta vez las narices. Señal que vendría un rato amargo, tanguero. Era la voluntad que ya no funcionaba. Si las cosas andaban tan mal, qué más daba un moco más o menos en la mejilla.

—¿Acaso has estado mucho mejor? —lo apuré.

—Mucho mejor —asintió gravemente—. Estuve desde septiembre hasta junio con una beca. Ciento veinte. Ciento veinte dólares mensuales me daban. *Nau finished. Ouver*, manito.

De súbito me invadió un pavor innombrable.

—¿El arriendo? —pregunté—. Estamos en agosto, ¿cuánto hace que no pagas el arriendo?

—*Nou problem* —dijo Mexicancityboy—. El propietario *finished. Ouver* el propietario.

Nuestras conversaciones solían parar allí. Yo preguntaba, él respondía un par de cosas, y se clausuraba el tema. Pero quedaban unas treinta cuadras, y me entró un interés inusitado por lo del propietario. Antes de hablar hice una especie de buche con el montón de saliva que había juntado mientras iba pensando.

—¿Qué quieres decir? —pregunté—. *Nou mor* en el planeta. ¿*Gud bai?*

—*Nou mor*, hermanito. Emigró.
—¿Cómo murió?
—No chingues, fajita. Se murió y eso es todo. A qué vienes a ponerte romántico ahora. Uno se muere, nada más.

«Como un turista», pensé. «Uno es de otro país y viene de paso. Después vuelve a casa.»

—¿Pero lo rajaron? ¿Le trabajaron cuchilla o algo?

El mexicano se metió el pañuelo por debajo del cuello de la camisa. Lo sacó mojado, después lo estrujó sin mirarlo, y luego lo echó al aire azotándolo entre los dedos como «Pilato, Pilato».

—Se murió de viejo —informó—. ¿Tú te das cuenta de la figura, supongo?

Sacudí la cabeza.

—¿Cómo?
—Es lo mismo que la pregunta de los mil dólares, coño. Lo aprendí en el bachillerato. El único animal que anda en tres patas es el hombre. Al viejo se le rompió el bastón y se estrelló la frente contra la cuneta. *Ouver*.

Me puse a silbar «Cuesta abajo en mi rodada las ilusiones pasadas».

—¿Y nuestro departamento? —dije por último.

Mexicancityboy se sobó las manos sobre los pantalones.

—A menos que vengan a demolerlo por insalubre, puedes morir en él el verano del ochenta y ocho, y no pagarás un centavo. Lo único que la policía sabe del viejo es que se llama Rispieri. Aquí nadie conoce a nadie. Cuando te mueras, no tendrás preocupaciones. Ninguna preocupación, ciertamente.

Lástima que el manito ignorara el efecto que me hacía el lenguaje. No se daba cuenta de cómo me trabajaba la cabeza. Ya me veía con mansa jeringa chupándome la sangre en el San Lucas, y una enfermera rubia, con el delantal bien ajustado sobre los pechitos, diciéndole al médico: «No resiste, doctor. Se va yendo». Y el médico: «Bueno, no perdamos material fresco. Sórbale todo y después bájelo a la morgue. Llamen por teléfono a sus parientes». Y la enfermera: «Parece que no es de aquí. Lo está esperando un pocho en el pasillo».

—Tengo hambre —dije.
—Pues estamos empate, mano.

Se hizo un masaje sobre el estómago, y agregó:

—Y además, si seré huevón, date cuenta. Un poco enamorado he andado.

«Chínguenlo», pensé.

—Pos, bonita bonita no es. Es rolliza, ¿entiendes?
—Gordita —dije.
—Pos, tanto como gordita... Rolliza. De buen carácter.
—Todas las gordas tienen buen carácter.
—Pos esta no es gorda, *boy*. Es sólo carnecita. Aquí también.

Se puso las manos sobre los corazones.

—¿Y lo otro? —pregunté.

Se llevó las manos a la barriga. Allí les dio unas vueltas sobre el pellejo. Andaba más hambriento que enamorado.

—*It never japen* —dijo—. Quedé de llamarla por teléfono, imagínate.

«Imagínate» significaba: un *daim* la llamada, *tri baks* el cine, *cáple of dólars* el sándwich. Suspiró tan fuerte mientras me hablaba que logró secarme el sudor sobre la frente. Pongámosle que faltaran unas quince cuadras. O me tiraba a falluto o a romántico:

—Tengo hambre —comuniqué. (Romántico)—. Me da no sé qué eso de que me saquen sangre. (Falluto.)

—Con plata se compran huevos —dijo Frontierboy, pero estaba pensando en otra cosa. Estaba pensando en la muchacha rolliza con la cual la cosa andaba pero *never japen*—. Medio enamorado he estado.

Yo opero por contagio. También tenía mi amorcito, pero medio espirituoso, así artístico. Yo estaba enamorado de... de Ella Fitzgerald. Soy un jazzista. Mahometano, no más. Me la pegó el mexicano. Me puse a suspirar que era un escándalo. Esa noche la negra tenía una salida en el Basin Street East, y se necesita esmoquin o algo, para entrar. Me puse a silbar, desolado.

—Es bonita la muchacha, ¿sabes? Cubana.

Interrumpí sólo cinco segundos la melodía.

—Tráela al departamento, y sesionamos las Naciones Unidas, carajo.

—Es cubana por todos lados. Por aquí...

El mexicano se palmoteó una nalga. Era como que se había acordado de algo importante.

—Fidelista, mano. Revolucionaria.

Por un segundo tuve la sensación de que mi boca había parado la producción de saliva. Me acordé de una disertación que había dado un expedicionario chileno sobre los camellos. Había atravesado el desierto y los camellos tenían algo así como un estanque de agua. Como un chuico de agua, digamos.

—Deberíamos irnos de aquí —dije.

Frontierboy se limpió las narices. Señal de que le atribuía cierta dignidad al *sabyect*.

—¿Qué podríamos hacer en otra parte?

Íbamos doblando la esquina, y ahí mismo estaba el hospital.

—Lo mismo que aquí, cabezotas.

—¿Es decir?

—Echar aire, respirarlo, comer, dormir, y buenas noches. Nosotros...

—... «que nos queremos tanto...» —tarareó Mexicale Rose.

—... estamos jodidos. *Ouver*.

La vista del hospital era para Manos-Mexicanas-Que-Labran-La-Tierra como la visión del águila sobre billetes crujientes. Su risa se le anduvo saliendo.

—Lo que tenemos que hacer...

«Lo que tenemos que hacer», pensé con algo de pavor.

—Lo que tenemos que hacer es irnos —sentenció el cuate.

A mí se me mudó la color, como dicen en las historietas. No hacía ni dos semanas que había estado en lo del cónsul tirándole la manga y leyendo los diarios.

—Tú eres el que tiene que hacer que pasen las cosas —dijo Vivaméxico.

Yo con mi estómago como una alcancía en víspera de pascua, patriotero empedernido, sentimental, iba a hacer que pasaran cosas.

En el San Lucas había un negro de recepcionista. Nos sentimos mejor. Hay una cosa solidaria entre todos los jodidos en Nueva York. Lo que no quita que en cualquier momento te mueras de hambre, por ejemplo. Mexicancityboy se encargó del blá-blá.

—*Ji want tu sel sam blad* —dijo.

—¿*Wat cólor?* —dijo el negro, sacando los dientes para adelante.

El mexicano se me acercó angustiado.

—¿Qué pasa? —le dije.

—De qué color —preguntó—. Dice que de qué color.

Lo pensé un segundo.

—Cálmate —le ordené—. El morocho aquí presente quiso hacernos un chiste. Tu sentido del humor, hermanito.

Sonrió. Avanzó hasta donde el morocho.

—*Red* —dijo—. *Ji want tu sel sam red blad. ¿Digmi?*

—*Ah yes* —exclamó el negro—. *Régular blad.*
—*Yes. Régular. Gud yang red blad. Absolutily régular.*

El negro escribió minuciosamente en un libraco. Allí anotó mi nombre, mi edad (le dije veintidós por si las moscas) y puso que no había estado enfermo. Yo callé lo de la pulmonía. Ya bastante jodida tendría la sangre con la cerveza como para ponerme exquisito. Detrás del mesón, le ordenó a una enfermera morenita que se hiciera cargo. Yo le vi cara así media latina, y le hablé en castellano confidencialmente.

—¿Sacan mucho? —pregunté.

Se dio vuelta extrañada de oírme español. En realidad tengo un poco cara de gringo *bolsiflay* a veces.

—¿Cómo mucho? ¿Qué tú me estás preguntando, chico?

Le vi maniobrar la jeringa. Enchufó un tubo de vidrio en el otro, y lo fue aplastando hasta botarle el aire hecho burbujas. Y entonces la muchacha dijo algo tremendo de filosófico que yo recordé para la historia.

—Así es nuestra vida —dijo—, puras burbujas. Viene un aire un día y se las lleva.

Carraspeé que era una fiesta. Pensé en un bolero en la playa de Acapulco bebiendo gin con jugo de coco tendido sobre una balaustrada. Yo tenía en casa el libro de un argentino famoso. Borges, le llamaban. Le tiré sin más un filosofeo abracadabrante.

—Tanta vanidad la del hombre y para lo único que sirve es para juntar moscas.

La morena untó con un algodón húmedo la jeringa.

—¿Qué tú dices?

Me rocé levemente los dedos de la izquierda delante de mis ojos.

—Burbujas —dije—. Y de repente, ¡plaf!

Fue a comprobar si las patas de la camilla estaban en orden.

—Acuéstate aquí.

La obedecí tanteando la superficie, con la misma cautela con que uno se mete despacito en el mar por si falta fondo. ¿Qué hago aquí?, me dije. A esta hora estaría saliendo de clases en el Conservatorio rumbo al departamento del viejo, y todo sería invierno en Santiago, y mamá habría cocinado picarones, quizá hubiera llovido, y mi hermano chico pichanguearía en la calle con sus amigos, y me podría meter en la cama, calentita, y encender el pick-up, y oír el *Rondeau a la turk* de Brubeck, y después llamar por teléfono a alguna pololita.

—¿Qué tú eres? —me preguntó la muchacha—. ¿Argentino?

Me había ayudado a arremangarme.

—Soy chileno. Pero anota ahí que soy de Dallas, Texas.

Pareció alegrarse.

—Yo oigo los discos de Lucho Gatica, ¿lo conoces?

Lucho Gatica estaría calentito en su casa en México, jugando con sus hijos y Mapita Cortés. O estaría alegremente ensayando algo con la orquesta de José Sabre Marroquín en los estudios de la Odeón. En mi vida lo había visto.

—Lucho Gatica —murmuré—. Somos íntimos —añadí más fuerte—. Uña y carne. Yo y Lucho.

Comenzó a fregarme el brazo, y después me pellizcó la piel buscando la vena.

—¿Tienes novio? —le pregunté.

La chica asintió con los ojos, sin mover un músculo.

—Yo no —le informé—, no tengo novia. Ni para muestra. *Názing*.

Me había defraudado que no le apasionara mi amistad con Gatica. De algún modo presentía que sería más suave con la aguja si... Y en el momento que se disponía a clavarme, recordé los días en que había estado enfermo y me sacaban sangre a cada rato para llevarla a los laboratorios. No dolía, me acordé que no dolía. Era otra cosa lo que me llevaba a meterme las uñas de la mano libre a la boca y a mascarlas. Era que me sentía como una puta, perdonen la palabra.

Aproveché el envión de los dedos hacia la boca para taparme los ojos a la disimulada. Después me sobé fuertemente las narices. Pa'peor: la procesión se me fue adentro.

—Relájate, chico.

Solté el cuerpo de una suspirada. La muchacha

tenía eso que las mamás llaman una mano de ángel. De un viaje repletó la jeringa, e hizo que me sujetara un algodón sobre el brazo. Fue hasta la mesa y escribió algo en un papel.

—Entrégale esto al negro para que te pague.

Me ahorró la dificultad de recoger el paletó, colgándomelo sobre un hombro.

—Gracias —dije, ruborizándome.

El mexicano se mantuvo a la distancia, pendiente de la operación. Quince, me pagaron. Uno de a diez y *faif backs*. Se me juntó en el pasillo y salimos a la calle. Yo aún sostenía el dinero entre los dedos y la chaqueta se me resbalaba de los hombros. Mexicancityboy, solícito como una madre, me la acomodó de vuelta. Le mostré los billetes.

—Hermanito —dijo—. Te portaste como un héroe. Ahora vamos a una *dragstore* a comernos un sándwich.

Arrojé el algodón a la calle y desdoblé el brazo.

—No tengo hambre —dije.

Se limpió con la manga las narices. La plata lo había vuelto un ser civilizado y todo. Se la echó en un bolsillo, y tarareó algo.

—¿Qué te pasa? —preguntó.

Ya había sombra en la cuneta izquierda. Pero la humedad no aflojaba.

—Nada. Vamos a comernos un sándwich.

Elegimos un boliche italiano donde servían tallarines con abundante queso y boloña. Por cinco centavos extras, se tenía derecho a un chianti transparente y desabrido. Nos sentamos en el mesón para ahorrarnos la propina.

—Hermano —dijo Frontierboy.

—¿Qué?

Enroscó pensativamente los fideos sobre el tenedor. Primero tragó saliva, y luego se repletó el buche y masticó todo asintiendo como un sacerdote.

—¿Sabes lo que nos pasa?

Le dirigí la mirada sospechosa.

—Estamos pasando por una crisis moral.

De reojo probó el efecto de su frase mientras untaba el pan con queso rallado. Los italianos dan el parmesano gratis. Echarle el queso era como birlarse un sándwich. Mañas de pobre. Lo imité.

—¡Ajá! —dije.

—Una fuerte crisis moral —asintió gravemente, pasándose la lengua por las encías.

—Hm.

—Una crisis... Grave. «Grave» —repitió saboreando la palabra junto con los *spaghettis*.

Me miré en el espejo frente al mesón y decidí ordenarme el pelo.

—Sí —dije.

—Somos jóvenes, ¿captas? Nos falta... ¿Cómo explicártelo, chamaco?... ¡Divertirnos!

Cualquier día como en cuento maravilloso me aterrizaría un pájaro en la melena y construiría allí su nido.

—Cierto —dije.

Mexicancityboy se lamió las comisuras.

—Salir con muchachas, por ejemplo.
—*Yes, oh yes.*
—Tomarnos unos tragos.
—Cierto.
—Etcétera.
Acabé con el chianti. Pedí la cuenta.
—Vamos a casa —dije.
El mexicano frunció la frente y se miró el destino en el espejo. La arruga en la piel oscura se le puso tristona. Como la de un cachorro, pongámosle.
—María —recitó—. María trabaja en *Macy's*.
Lo miré imperturbable.
—Tiene una amiga. July.
—Gringa.
—Simpática. Morocha, como te gustan.
Recibí la cuenta. Sin darle importancia saqué *dólar twenty*.
—¿Habla español?
—Pos ése es un detalle, hermano.
—¿Habla español? —insistí.
Se enruló pensativo la vegetación sobre las patillas.
—Tengo que ser honesto contigo —declaró.
Apoyé el codo en el mesón y fruncí los labios frente a mi imagen.
Entonces pasó lo que en ese momento no tenía que haber pasado. Un adolescente había metido la ficha en el Wurlitzer y empezó a sonar «Downtown» cantado por Petula Clark. En aquella semana había dos canciones que me sacaban de quicio. La otra era «King of the road» por Roger Williams.

—Tienes razón —dije—. Nos falta divertirnos.

Las chicas salían de la tienda a las seis. Fui yo mismo, como quien no quiere la cosa, el que hizo parar el taxi en la esquina. Con una intuición bárbara, el mexicano se fue durante todo el trayecto chiflando suavecito el tema. Era más combustible de lo tolerable.

Sacamos unos Chester de la máquina de la tienda, y los fumamos como galanes de Broadway entrecerrando los ojos y escupiendo algunas motitas de tabaco con la punta de la lengua. Aplastamos las colillas antes de montar en la escalera mecánica, y enseguida Frontierboy se condujo diestramente hacia la sección juguetes.

Ahora bien, como no era Navidad ni nada por el estilo, lo único que había en la zona era una pareja de argentinos viejos y ricachones comprándole un trencito eléctrico a los nenes. Cuando María nos divisó, se le subió toda la color a los cachetes. No cabía duda que el panizo para Frontier estaba armado. Nos hizo una seña para que nos apartáramos hacia la sección de discos infantiles e hiciéramos la de los giles, como que buscáramos *La Cenicienta* por Mary Poppins, o algo. Yo le eché una mirada a la otra dependiente, que me sonrió cuando se nos cruzaron los ojos. Vaya uno a saber por qué. Porque Dios es grande, supongo. Pero era rubia como una cerveza Budweisser y con una cintura nada de peor y con los dientes grandes. Quiero decir que si uno no la hubiera visto antes, y se la topara en la calle, uno decidiría que la rucia probablemente trabajaba en una tienda de juguetes.

—¿La conoces? —le codeé a Mexican, que ya iba acabando otro Chester.

Alzó la vista de los discos y volvió a bajarlos discretamente.

—July —dijo, tragando saliva.

Empecé a respirar más fuerte.

—¿No habla español, dijiste?

Se enceguecío al despedir la bocanada mirando hacia abajo.

—Ni mierda.

Tragué medio litro de saliva, sobándome con desesperación el hueso de atrás de la cabeza. Esta vez no había alternativa: estaba enamorado de July y además era un gran pelota. Bajé una mano al corazón y me lo sobajeé intensamente, falto de aire, sintiendo problemas entre las piernas, y luego me agarré uno a uno los dedos de las manos y les fui apretando los huesitos hasta que sonaban.

—¡*Luk!* —le advertí a Mexican, haciéndome el interesado en *La ballena que canta*.

María y July venían a pararse delante de nuestras propias narices. Olían bellamente a jabón de pino o algo. Se habían lavado recién y las dos usaban una capa de maquillaje de este volado. A mí lo único que me quedaba era retardar el punto de cocción lo más posible, y sonreír asintiendo, cuestión con la que uno queda como gil o baboso. Pero de repente la pillé; la agarré al vuelo, como quien dice. Justo en el momento que tenía que sonreír, abrir el hocico, y murmurar para que nadie en el mundo me oyese *plis tu mit yu*, se me encendió la phillips, compipa. Adelanté levemente la mandíbula y, sin chús ni mús, la miré seco al fondo de los ojos y al fondo de todas las cosas con fondo, y le fui diciendo todas las cosas en chileno pero sólo con la mirada. Cosas tales como «mijita rica», «amorcito», «ve cómo la quiero, miamor». Algo tiene que haber pasado entonces, porque fue la primera vez en la historia del mundo que una gringa baja la vista al decir *jau duyudú*.

Era así de rubia, brillosita y cálida. Ese tipo de muchacha que parece que aún viene levantándose del lecho y a uno le dan ganas de meterse en la cama tibia que acaba de dejar y refregar suspirando las narices contra la almohada.

Noches de Mazatlán no lo hacía casi nada de distinto con María. Sólo que ellos hablaban no sé qué cresta, pero con varios silencios entre paréntesis. La rubia no hallaba dónde meterse, así que me *espikió in inglish* de repente.

—¿*Wat yur neim?* —dijo.

—Fernando —contesté sin pestañear y con un vozarrón y una intencionada que quería decir «te necesito desesperadamente».

—Fernando —dijo ella, y me miró a los ojos y después se puso a estudiarse los zapatos.

Ai sed «yes».

—*Mai neim is July* —dijo entonces mirándome un poco más arriba de los ojos, por ahí por la frente.

—*Ai laikit* —le concedí. Y para no parecer inhumano, dibujé una mueca que podía saber a sonrisa llegado el caso.

María se dio vuelta hacia mí y se puso a arreglarme el cuello de la camisa. En mala hora; era el mero chiquero, como decía Frontierboy.

—¿Dónde quieres ir? —preguntó.

Era lindo sentir las uñas de una damita rozándote el pescuezo. Mexican me advirtió con la mirada que no me precipitase.

—Si no te parece mal —dijo luego—, ¿podríamos ir a un dancing?

Miré a July buscando afectarla en la misma parte en que le había achuntado antes.

—No —dije.

—¿*Wat's rong?*

—Tú dices lo del dancing pero se te olvida, hermano...

—¡Cómo que se me olvida! ¿Qué se me olvida? —Yo me subrayé el brazo con un dedo a ver si le caía la teja. Con la mano pegada al muslo hice el gesto del *money*.— En el dancing tienen funcionando el aire refrigerado y no sirven trago —agregué—. Podríamos...

Casi lloro de gusto cuando se me ocurrió. Esa cuestión que le llaman conciencia me dijo: «Échale pa'delante».

—¿Podríamos...? —me invitó el mexicano.

Le agarré un Chester tratando de que no me temblara la mano.

—Podríamos —dije lentamente—. Ir al Basin Street East a oír a Ella Fitzgerald.

Las chicas se consultaron juntando las frentes, y Mexican comenzó a rascarse el diente del medio.

María sacudió el pelo echándoselo sobre un hombro.

—Tendríamos que cambiarnos de ropa —dijo—. Es un lugar elegante, ¿sabes?

—Vamos así no más. Es elegante pero oscuro. Tú le dices a July que pida los tragos en inglés y con eso basta.

El mexicano le echó el brazo a la cintura de María y se fue andando un poco adelante. Sólo que el tranco se le había puesto acangrejado. Se le iban quedando las piernas.

—Hermano —me dijo—. Tú sabrás.

—Y Dios también —repliqué.

En cuanto salimos de la tienda, pasé el brazo sobre los hombros de July, y la chica tuvo un gesto así como de quien va a apoyar la cabellera en el pecho de uno, y Nueva York estaba hecho un solo lío, y me gustó el asunto, y me puse a tararear «Downtown», y mis piernas se habían puesto elásticas y bailarinas, y cuando July comenzó a hablarme hasta entendí lo que decía. Es decir, mi cuerpo entendía lo que decía. Yo también chapurreé *sam inglish* disparando los brazos como aspas de molino, y los cuatro tuvimos una caminata extensa y alborotadora, y no dejamos transeúnte sin estrellarlo debidamente.

Estuvimos haciendo hora hasta las ocho dándole al *scotch* en un bar irlandés, y las chicas le habían comprado maní a un ambulante y dejamos la inmundicia de cáscaras adonde echáramos ancla. Finalmente quedó en claro que July sería bailarina, y que andando el tiempo yo podría tocar la trompeta en algún club de jazz provinciano. Ella tenía un tío jugador que en algún momento se había agenciado una fortuna apostando a los *sulkies* de Yonkers, y yo tenía una frustrada inclinación por el juego. Al filo del segundo copetín, empezamos a meter monedas en el *Wurlitzer* y a acurrucarnos en un rincón sombreado. Yo me puse a decirle lindezas a la rucia y María iba traduciendo, y a veces traducía el mexicano y le agregaba cosas de su propia cosecha, aunque de repente se iba de lengua y se me ponía poético.

A las ocho habíamos agotado el maní en un taxi, y bajábamos la escalera del Basin Street East, con aire de grandes señores. Era la hora del cóctel y en casi todas las mesas había viejitas un poco pechugonas con un declive bárbaro. El mozo nos anduvo calando y nos instaló en una mesa de segunda o tercera clase detrás de una balaustrada.

Al lado teníamos dos negritos silenciosos que de tarde en tarde se echaban un sorbo de whiskey y que eran los únicos en todo el local que no tenían cigarrillos entre los dedos. Pensé que serían cantantes. Nunca fuman y toman los tragos sin hielo. En el estrado, un trío dirigido por un pianista con el pelo grisáceo estaba fantaseando los temas de Cole Porter, a la Liberace, aunque no tan amariconado. July había identificado a un escritor corpulento, con un ojo herido y la calavera repleta de rulos. Dijo que lo había visto en la portada de una revista y que se llamaba Norman Mailer, y que le fallaba. Dijo que una vez había matado a una mina. Yo le dije al mexicano que le informara a July que yo había leído un libro de un norteamericano que se llamaba Saroyan y que le preguntara si alguna vez había salido en la portada de una revista, y el mexicano dijo que July decía que no, pero que en otra revista había salido una foto de un coreógrafo, Jeffrey, y que a ella le gustaría estudiar baile con él, hasta que al final salió un enano al estrado, y el Liberace ese se metió con sus músicos al baño, y al enano le coronaron la melena plateada con un foco rosa, y dijo que se sentía muy *praud* de presentar a la señorita Ella Fitzgerald, y mientras tanto un trío de blancos comenzó a pizzicatear *Camina derechito* y de repente salió muy emperifollada la señorita Fitzgerald y yo procedí a homenajearme con la mitad del contenido del vaso. July, María y Mexicali Rose aplaudieron no tan discretamente como el resto de los parroquianos, y de ahí en adelante durante media hora la boite se llenó de gorjeos, susurros, montañas rusas, columpios, actos de amor, electricidades, risas que subían como pájaros y reventaban en las botellas, y los amplios pechos de la señorita Fitzgerald fueron consumiendo imperceptiblemente el aire del local hasta que uno no hallaba qué hacer para bombearle un poco de aire a los pulmones, uno no veía cómo ni con qué derecho se existía en el mismo planeta que esa mujer, uno era lo mismo que una silla, que un reloj descompuesto frente a ella, uno era una triste cosa con las mejillas ardientes, y sólo porque Ella existía, existía Frontierboy, y María y July, y mis padres en Santiago, y el escritor con rulos, y el libro que había leído de Saroyan, y el coreógrafo, y los almacenes Macy's, y todas las sangres y los hospicios, y porque ella existía se moría la gente, y había millonarios, y era bueno beber hasta perder la conciencia, y la negra cantaba *Amor en venta...*

Y de pronto todo se redujo a una forma simple. Ella se introdujo al baño ese, subió el enano al estrado, *taim to dans* dijo, y de vuelta el Liberace con el pelo gris y las manos delicadas, y el contrabajista negro, y el baterista yendo chá-chá con las plumillas, y las señoras pechugonas encendieron más cigarros, y los señores chasquearon los dedos pidiendo la cuenta, y después el salón fue despoblándose, y comenzó a llegar la gente para la cena. Saqué los doce dólares, se los extendí al mozo, y esta vez no le pasé el brazo por los hombros a July. Esta vez la apreté de la cintura, dejé caer mi mejilla sobre su cabeza, y salimos a la calle.

Caminamos unas ocho cuadras hasta que pasó lo que tenía que pasar tarde o temprano. Tenía que pasar alguna vez que el mexicano se detuviera a esperarnos y dijera «bueno»...

Saqué el último Chester y estrujé el cartón con mi mano izquierda. Ésa era la ciudad y el final. Había obras formidables en Broadway, bares elegantes para hacer la trasnochada, buses que la gente montaba para visitar amigos, jazz en el *Vi-*

llage Vanguard, hoteles elegantes donde hacer el amor, escritores furiosos y divertidos, pintores latinoamericanos becados, marihuana a dólar el cigarrillo, museos, un parque zoológico en Broadway, programas de televisión con Ben Gazzara, bailongos de puertorriqueños, carreras nocturnas en Yonkers, automóviles, había gente.

—Bueno, bueno, bueno —dijo el mexicano.

Yo sonreí hundiéndome las manos en el bolsillo.

Frontierboy se arregló el nudo de la corbata.

—Iré a dejar a María —anunció.

Yo me palpé las moneditas en el bolsillo. A vuelo de elefante habría unos setenta centavos. *Subway* para dos, treinta. *Subway* para uno de vuelta, quince. Haber: veinticinco centavos.

—Perfecto —dije—. Perfectamente.

July me tenía tomado de la cintura.

—*Ji'l teik ker of yu* —le dijo María.

Bajaron la escalera del subterráneo, y nos dejaron allí como dos buzones más en la calle, como dos carteles de propaganda. Como dos grifos de mierda nos dejaron.

—*Well* —dije.

Saqué las monedas y las examiné a la luz del farol. Ochenta centavitos secos. El excedente podría invertirlo en café. En dos cafés parados en el mesón de una fuente de soda.

—¿*Want cófi?* —le pregunté.

La chica me miró a los ojos. Levantó suavemente sus hombros.

Le di una vuelta a mi cabeza a ver si había algo más que pudiera ofrecerle. En Santiago de Chile hubiera sido más simple. Habría dicho «Vamos a mi departamento» y la chica hubiera dicho «No, llévame a casa». Pero aquí uno tenía que ser derrotado en inglés y todo. Carecía hasta de fichas para hacer la jugada mínima.

—¿*Mai joum?* —dije, señalando ridículamente hacia el río Hudson.

La muchacha se puso a mirarse los zapatos.

—¿*Mai joum?* —insistí, aleteando desesperadamente los codos, con la boca seca. La jeta me temblaba. No soplaba viento ni para arrastrar un envoltorio de caramelo.

Necesitaba con urgencia que alguien me sacara de esta película en que me había metido. Que me cambalacheara el decorado. Que pusiera un ángel consueta que me soplara versos de Shakespeare en el oído. Tragué saliva.

—Vamos —dijo la muchacha. Así en español lo dijo.

La carreta en el expreso subterráneo la gasté memorizando las frases de los carteles de propaganda. Menos mal que me quedaban algunos maníes sueltos en el bolsillo de la chaqueta, y pude ofrecérselos. Los mordisqueamos con la punta de los dientes, a ver si duraban una estación cada uno. Al segundo maní, yo inauguré eso de quitarle la cascarilla roja, y sacudírsela de los dedos interminablemente. Y después del último poroto, empecé a morder las cáscaras. Íbamos sentados en las butacas de mimbre, en el centro del carro, y a nadie le importábamos. Yo me puse a tararear Downtown, y la chica sacó un pañuelo de la cartera y me pidió con gestos que ayudara a atárselo. Entonces me sonrió como en una cagona película romántica con Gregory Peck y Audrey Hepburn. Y no era que la escena fuera podrida de mala ni nada de eso, sino que se suponía que yo debía decir algo tan tremendo al estilo de *ai lav yu madli*, y la joda era que no me hallaba en personaje. Por lo demás hacía rato que venía sospechando que esto no era una musical en technicolor que terminaría con Doris Day embarazada en una casa del suburbio, un trabajo de mil mensuales, e hijos rubios con ojos azules, sino más bien una de esas modernas italianas donde todo termina en la misma mierda, y los giles se van por una callejuela de piedras, en un día nublado, fumando un puchito y muertos de frío.

Una sola ventaja tenía nuestro departamento comparado con los del vecindario. No olía tanto a orina ni lavaplatos, como a pintura o diluyente de las estructuras que trabajaba el mexicano. Le había dado por hacer cajas coloreadas, que algún día se las compraría el agente del Museo de Arte Moderno o alguna millonaria filántropa. Yo me movía como murciélago en la oscuridad, y antes de dar vuelta la ampolleta arrojé mi poncho mapuchino sobre las sábanas grises. En una película el galán habría tirado delicadamente de una lamparilla china con luz indirecta, y habría sacado cubos de hielo y una botella del santo. Para amenizar mis nervios, me puse a silbar «Downtown». Prendí no más la luz, qué iba a hacerle.

La chica parpadeó frente a la desprovista ampolleta, y la vi rosada y limpia. Sonreí como pidiéndole perdón por mis estúpidas manos hundidas en los bolsillos. Y después me sentí celoso del mexicano, porque se acercó a sus cajones y dijo *biutiful*. Mi única gracia era la trompeta de bronce arriba de la cama, pero cualquier milico de pacotilla podía soplarla mejor que yo. Además estaba poniéndose de moda la banda de Herb Alpert, y no había adolescente que no supiera distinguir entre un rebuzno cualquiera y la música. Por un momento llegué a pensar que había venido porque estaba borracha como un cochero irlandés.

Me senté en la cama, apoyando la cabeza en la muralla. Ella se despojó del pañuelo y vino a ubicarse a mi lado. Le pasé el brazo por los hombros y me puse a mirar la pared. Sentí las piernas temblorosas y los labios partidos. Comencé a transpirar como un pollo en la horqueta.

Entonces le acerqué la boca a su mejilla, y luego la pasé sobre sus labios, y palpé con la lengua el gusto de su piel transpirada. Advertí que la chica suavemente me iba llevando una mano a la cadera y que extendía su lengua tibia entre los labios y lamía mi lóbulo izquierdo y luego la sien, y después iba cruzándome la cara a lengüetazos y bajaba a lamerme los pelillos del pecho mientras mi mano se mojaba entre sus muslos calientes.

—*Weit* —dijo, en un susurro. Tiró de los calzones y el corpiño, y arrodillándose sobre el poncho acercó sus senos pequeños a mis labios. Cuando yo me incliné a besárselos, a hundir mis narices en la tibia cavidad que dejaban, ella comenzó a besarme el pelo y la frente.

Lentamente me fue cayendo la chaucha. Era fantástico. Estábamos lamiéndonos uno al otro.

—*Ai felt sou lounly* —dijo July, yendo por mi espalda desnuda con la boca llena de saliva. Yo estaba con los ojos entrecerrados buscándole el vientre para besárselo. La enredé de la cintura, y quedamos con las caras sobre las almohadas mirándonos.

—Entendí lo que dijiste —le dije, apretándole la nuca—. Dijiste que te sentías sola. ¿Me entiendes?

Asintió con las pestañas y una sonrisa. Tierna, pero caliente también.

—Ahora estás conmigo —le dije, acentuándome el pecho con la barbilla. Le tomé los senos y puse mi rodilla entre sus piernas—. ¿Me entiendes?

—Sí —contestó.

—Puedes quedarte aquí toda la noche.

—Sí.

Empujé lentamente mi miembro entre sus muslos, y la penetré. Estaba todo bien: el olor del diluyente, las cajas de Frontier, la aspereza del poncho.

Ahí sí que hicimos el amor. Primero moviéndonos casi imperceptibles, como intercambiándonos regalos de Navidad, recuerdos, ella con la lengua jadeando despacito, yo mudo.

Luego tiré del cordón de la lámpara, y nos acariciamos hasta dormirnos. Antes aprendí mucho de su espalda, y de sus muslos, y del suave vértigo de la curva de su trasero. Ella había palpado con insistencia mis piernas. Y mi mandíbula.

Cuando desperté, la luz había traspasado las hojas de los periódicos que cubrían el único ventanal. Estaba todo en la pieza en un desorden que no me era ajeno. La trompeta a un costado de la almohada, las cajas del mexicano derramadas en el piso, la mano de July fláccida sobre mi cadera. Me erguí en silencio, y me puse sonriendo los pantalones. Del bolsillo perro extraje el dólar de plata, y me jugué el destino a un cara y sello. Separé las palmas y estudié la moneda casi sin darle importancia al resultado. Peinándome las mechas contra el ventanal, humedecí mis labios resecos con la lengua. Luego abroché los botones de la camisa y salí a la calle.

Compré un cartón de leche, un pan francés al que le mordí la punta, y dos cartuchos de té. El vuelto lo invertí en un plástico con mermelada de durazno. Sería un día más caluroso que ayer: hasta los pájaros parecían atontados.

July despertó cuando tropecé en la puerta. Me miró mirarla y se cubrió con el poncho hasta las cejas. Yo fui a la cocinilla y puse a hervir la leche contemplando la llama. Enjuagué meticulosamente las dos únicas tazas, y unté con mermelada las rebanadas de pan, en silencio. Aunque no estuviera mirando, podía sentir cómo July se iba poniendo cada una de sus prendas.

Nos sentamos en el lecho, y saboreamos la leche caliente y dulce, sin hablarnos. Luego July tomó su bolso, se acomodó el cabello sobre su frente, abriéndoselo levemente con los dedos, y carraspeó antes de hablar.

—*Work* —dijo.

Me levanté a abrirle la puerta.

—Tu casa —le dije.

E indiqué los muros resquebrajados por la humedad.

La miré alejarse hacia la bajada del subterráneo, y enseguida me senté sobre el escaño a mirar los edificios del frente. En la mano aún me quedaba un cacho de pan francés, y la abundante mermelada se le iba chorreando por las márgenes. Me eché el trozo a la boca, y me quedé todo el rato masticándolo, hasta sentirlo cruzarme la garganta y depositarse en el fondo de mi estómago.

UNA VUELTA EN EL AIRE

> Oprimidme: He sido vuestra;
> deshacedme porque os hice...
>
> GABRIELA MISTRAL

Ahora Rucia que se está subiendo la madera y el taco suelta viruta y el polvo se despide del tablado en una estampida de ángeles y los perros y los pájaros se estrellan contra las damajuanas y el vino te subleva los ojos e hincha tan carnudos tus senos y estás con tus dedos ardientes desgranándome el cuello como si fuera una vid madura y negra, enrédate en este cuero, desengancha un nuevo vaso de vino y líbrame los labios que yo iré buscando la imagen que quieres hasta que masacre tu lenguaje y me haga hombre, por la misma razón que estuve en Nueva York el verano del cincuenta y siete y tú tenías quince años, veraneabas con tu novio y hubo esa cosecha tan formidable de duraznos en el fundo de tu padre que te indigestaste cuando los peones la carretearon a Papudo, y dos meses después te sacaron el apéndice y leíste *Hijo de ladrón* de Rojas, y comenzaste a componer canciones, y ahí fue donde tu piel se fue dorando hasta domar esa palidez que asustaba a tu madre, así tus pantorrillas y tus muslos se fueron tostando, se fueron haciendo halagüeñas, avasallaron a los chicos de tu barrio, a tus compañeros de colegio, a los maestros de la universidad cuando interrumpí mi clase de literatura ese mes de noviembre que entraste con la solera estampada y la tiza se me pulverizó entre los dedos. Pero ese verano yo estaba lejos de aquí, ese noviembre tenía una lengua hostil, el pelo largo y veintitrés años. Se me inflamaban los párpados, vendí en cinco dólares un cuarto de sangre en un hospital para comer durante una semana, me puse tan débil que los orzuelos me brotaban como flores en primavera. Escribí a casa pidiendo dinero y mi madre me dijo que volviera. Mi madre me mandó cincuenta dólares y me pidió que volviera. Pensé que tenía razón, fui al consulado a pedir que me repatriaran. Los funcionarios me mostraron los dientes, tamborilearon el mesón de la oficina, engolaron las voces en la garganta, levantaron las cejas, se reían saludables durante interminables antesalas en las oficinas del cónsul; cuando supieron que era escritor me preguntaron qué había publicado, pero yo no había publicado nada, yo no había llevado ni una asquerosa cuartilla a una editorial para que la leyeran, yo pensaba que bastaba ser escritor para transitar por el mundo tan holgado como el mismo aire.

Y una tarde de septiembre, entre el hastío habitual de los *Mercurios* añejos, de los *Ercillas* desmembrados, mientras era la hora del almuerzo y los elegantes funcionarios abrían las cajas de *Planella* y salían a plena voz a los restaurantes del puerto, conocí a la anciana. Yo arrugué los pliegues de mis pantalones con las uñas, con los ojos expulsados, Rucia, como si la vieja me los estuviese reclamando, más bien como si mi pelo sucio endurecido sobre las sienes me aplastara contra el suelo. Venía con la cabeza de grave, casi oscura; el pómulo se le expandía como una guitarra, Fernando decía que sólo le faltaban las cáscaras de papa sobre las sienes para ser una machi; yo me pregunté qué diablos nos pasa a todos, quién nos deja que nos desprendamos por el planeta como frutos verdes machucados a palos, como frutos maduros reventando en tierras ajenas; qué tenían que ver ese espacio, esos carteles de turismo, el ruido ridículo de los ascensores de Broadway con nosotros; y el pelo se le agolpaba tan plácido, y libre, y cano, y la mirada era como una mano dura y torva y otra mano amiga, y me puse de pie con las manos en los bolsillos, con las manos en el cigarrillo, con las manos dándole la mano, con las manos empuñadas, y sonreí y me puse grave, y la voz se me aflautó como chileno que no quiere que le oigan, cauteloso de no ofender el espacio que la rodeaba con palabras convencionales, sabiendo positivamente que iba a fracasar, que no sabría jamás mi nombre, que el viento se iba a congelar para separarnos, para hacernos saber lo que era la ausencia, la gran lejanía de las carnes, el peso de los brazos. Yo le vi a la anciana la muerte bailándole en la curva de los pómulos, se la vi reptándole la cadera casi recta, deseé tener una sinfónica en las venas, un arcángel en la garganta (no me hagas caso), oler a mar de mi pueblo natal y que entonces me olfateara, hacerla reír aleteando como un pelícano maltrecho, conseguir que comprendiera que yo no era joven en vano, y que ella no debiera ser la gran muerta, yo a estrellones la hubiera sacado volando, llevándola de su cabeza de ángel arisco, en vez de encender un inmundo cigarrillo y quedarme todo el tiempo bañándome de cenizas. Entonces la llamé por su nombre, ¡traga un poco de esa chicha, mi alma!

Ella puso la mano en mi cabeza y me preguntó mi nombre; pero yo dije que era escritor en cambio, pero yo necesitaba comer algo luego, yo quería sacarme la alucinación que me succionaba como una víbora enferma, y cuando nos dimos las manos mis uñas brillaban afiebradas y ella había triunfado sobre su muerte, la había descuartizado como un gato de lujo, la había emborrachado hasta doblarla sobre su espinazo, hasta que hubo enmudecido como un muro, y yo en cambio no era más que una sola derrota, tenía veintitrés años, aún no leía el último libro de Hemingway, no había dicho mi nombre, necesitaba comer algo y darme una ducha, sírveme chicha.

Ése era un otoño feroz, Rucia, no este otoño

de Santiago en que se bebe vino en los talleres de los pintores, en que se recibe la primera lluvia embriagándote en los muslos de una amante, en que participas en airosos mitines contra la injusticia que igual nos aprieta las grupas; ése era el otoño de dos vagabundos caminando entre las fritangas del puerto, quebrando la escarcha de cristal agolpada en las cunetas, los zapatones de la anciana parecían los calzados de mi abuelo, yo no contaba nada más que con mi aliento, y la bufanda de lana, y mi estómago mendigo, y la vieja silbaba lentamente algo indescifrable entre dientes; me metió las manos en los bolsillos y su zarpa estaba helada; fuimos caminando como dos inválidos por el Canal y el Bowery, y cada cierto tiempo se detenía a oír los pájaros, a dialogar con la Virgen del Carmen, a mecerse las arrugas que le ladraban en el rostro, a orar a un santo increíble, a esperar un milagro. Un chófer judío nos trasladó por el puente y ella quiso que le tradujera lo que decía, y el chofer había dicho que el invierno iba a ser crudo, que los radiadores se dañan, que había naufragado un barco mar afuera.

Me llevó a su casa, me obligó a que le leyera mis cuentos, encontró bien cuanta bazofia leía, pero yo supe que no me estaba oyendo, o que me oía en un circuito inaccesible, que mis palabras iban a mejorarse a otra tierra con la cual tenía un secreto contacto, supe perfectamente que sólo oía su poesía, que por eso había elogiado a tantos mediocres, que en las ceremonias de besamanos y de políticos, Rucia, sus yemas la mojaban los labios de príncipes, de bardos medievales, de santos hambrientos y alucinados, de arcángeles anunciadores de apocalipsis y catástrofes; no me dio pan, el pan dormía moribundo en una mesa de mármol; no me dio leche, se veía su textura cristalizada dentro de la nevera; el queso era una nación remota; me sirvió whiskey, prometió una cena opípara con verduras y vino y café caliente, yo le dije que no gracias, que no tenía hambre, no me importaba morirme, ni sentía los pies, su carne se había confundido con el cuero del zapato, el licor me naufragó por el espinazo hecho un heraldo demente, un tigre enloquecido, centelleó en mis dientes, se me incendió entre las palabras, los ojos me ardían como una puñalada y la anciana se había escondido tras un sillón donde la oscuridad de las persianas le daba un aspecto de santo de yeso aullando en una iglesia, sólo que el aullido era misterioso, sin voces, sólo la mueca, la actitud del dolor; me hice niño, el whiskey me pegó piel a piel el vientre y la espalda, me apoyaba en las márgenes de los sillones para no desvanecerme, le veía la sombra expandirse en la pared como un murciélago ebrio; ella estaba hablando, tropecé con una alfombra o un gato, o con un canario enloquecido, la penumbra nos fue envolviendo de a tango, la lamparilla era ridícula. A horcajadas en el suelo, pegado a sus piernas duras como coces, bebí el segundo vaso, era yo el que cantaba y ella se estaba riendo; yo le dije no importa que me muera madre, tengo vergüenza, y ella, sigue cantando, y yo estoy cantando madre, y ella, no llores, y yo golpeando mis puños en la pared, espantando un nudo de aves de mal agüero, y ella, tienes fiebre, y yo, sublévame madre, descuartiza de una vez este silencio que me infla como una peste, que es un mal absceso, un abismo, y ella, pon la cabeza en este cojín, y yo asfixiaba el sollozo entre las plumas de la codorniz, del pavo real, entre los arañazos de la volatería, le dije me estoy riendo madre, está bien dijo, duerme, tendré cuidado con tu noche experta de carne desvelada, anda que te ondee en el aire, pon tus costillas a la chimenea mi hijo está bien madrecita, huifa ay, ay, ay.

Y después vinieron los desayunos, la fiebre se me pasaba por las mañanas y el sofá amanecía impregnado de sudor; compartíamos en las noches los terrores a la medicina con una botella de whiskey o un atado de cigarrillos; al mero tacto de mis muslos me era fácil comprobar cuánto había adelgazado; la nariz se me hacía más aguda mientras me servía un huevo en el fondo de la copa de plata; me asustaba oírme las muñecas en las orejas. En la primera merienda nos enfrentamos pálidos y sonrientes, como dos novios después de una noche nupcial de éxito; la anciana estuvo cortés, untó con pasta de cerdo mis panes, dejó caer el chal de lanilla trenzada sobre una blusa de ancho cuello y una confusión de encajes. En la primera página del *New York Times* se anunciaba la segunda nevada para esa tarde; tuve que rechazar su invitación para ir a orar a San Patrick, una que nunca supe cómo hacerlo, dos que los pies se me embriagaban como marinos en tierra. La vi salir retardando los movimientos como si le quedara atrás un pedazo de ella misma, u olvidara un discurso en el desván, o escribir una carta, o mostrarme de una vez el cuerpo de verdad que había bajo ese traje de militar prusiano, de ese enigma de sedero turco, la mejor metáfora de una vez, la hermosa, la que nos hacía tan iguales, tan Manrique ese sábado de mañana, tanta copla de rabia. Yo no quiero decir Rucia, que ella fuera mejor que tú, o que yo o que todos nosotros juntos, porque estar vivo es mejor que ser un cadáver glorioso, es mejor beber este vino, comer esta empanada, arañarte este pecho, morderte esta lengua. Y yo era el que iba a comprarle la bandera, pero eso es cuento largo, otra botella compadre, sírvete un cigarrillo.

Volvió a casa y se sacó los zapatones, los dedos se le asomaban entre esas medias de futbolista y palpaban lentamente el suelo como buscando un poco de tierra, y nevó esa noche, y los pájaros andaban locos picoteando los ventanales; déjalos que entren, me dijo, y los ojos se le habían agrisado porque el cáncer era una nube que le subía del páncreas; yo ordenaba entonces los trozos de leña en la chimenea, perturbaba al gato con la guitarra, silbaba temas de jazz y cuecas choras.

Cuando llegó la secretaria un lunes luminoso, hube de escampar el salón y refugiarme en el altillo. Se regularizaron las horas de comida, llegaron a verla pintores becados, los diplomáticos sacudían sus pañuelos con petulancia, se hablaba una lengua propia de antecámaras, daban ganas de echar a cacarear gallinas en el salón, de meter pollos y cerdos entre los sofás; qué escribe usted, anciana, cuál es su obra predilecta, ha leído a Robert Lowell, no, tenía que contestar, una presencia extraña me escribe las grupas, me va pulverizando el interior de los huesos, me los deja débiles y huecos como flautas indígenas, la saliva me amanece amarga en las madrugadas; emprenda el viaje, vieja, vaya hacia las pasas y los mangos, pruebe nuestro vino, los aviones son veloces; y la anciana, atravesar América, irse bordeando la cordillera como un puma, saboreando una a una las piedras, ir dulcificando los huracanes y los terremotos con mansedumbre de bestia herida, te imaginas amigo (me hablaba a mí) volando sobre América como un ángel, te imaginas los indios asustados refugiándose en sus chozas de la vieja fantasma, de la vieja inocente perfectamente muerta flotando en un cielo cobalto a pata pelá y alas añejas; y la secretaria depositaba con vehemencia los anteojos sobre un taburete de ónix, y hacía andar en la grabadora las trompetas de plata de la flota de guerra sueca. Y el mundo era en Nueva York una esfera quieta, un azul amplio que te ensanchaba los poros, una nieve que caía sin ruido. Así mi oreja se fue habituando al roce de sus labios en las horas crepusculares, yo ponía la música que me viniera en gana y ella seguía hablando, la saliva casi empapándome los lóbulos, con el aire suavemente enfermo, levemente ebrio.

A medida que oscurecía más temprano ella iba hundiéndose en el sofá, y yo inicié mi desacato. En cuanto logré comer dos días seguidos pensé que era yo el que iba a vivir y especulé con la posibilidad de explotar comercialmente este privilegio; la ironía se me convirtió en un hábito enfermizo; apenas dejó de parecer simulado mi entusiasmo por la edición italiana de su libro predilecto que me obsequió en ese rincón teñido de una luz decreciente que iba a amainar frente a un armario de santos de yeso; mientras más indiferente me hacía a la anciana, más iba aprendiendo que se me tenía allí para algo, mi lenguaje no derramaba aún con vigor la trama de su misterio, la piel de su gato erizándose bajo la palma cóncava podría serle más tierna que el país despoblado que yo andaba ocultando como un animal torpe en ese otoño que luego fue invierno norteamericano.

Se lo dije, una noche se lo dije, golpeando los cubos del hielo contra las paredes de un vaso demasiado tiempo vacío, las rodillas apretadas, enjutas, tímidas, tratando de adivinar esas rótulas que decía duras bajo los faldones de un pliego amplio que se confundía con la alfombra, se lo dije. Entonces fue la primera vez que me tocó decididamente; cómo quieres que lo entienda, Rucia, yo no sabía lo que era un bautismo, no sabía que el cuerpo era capaz de extenderse como un planeta, no entendía que existiera otra manera de vivir, yo era un burgués chileno plagado de ceremonias y sonrisas serviles, con los dedos siempre llenos de un cigarrillo, perezoso, iletrado, comilón, mi prosa más débil que un agua de lavanda; mientras mi tacto reduplicaba la textura de mi piel, la carne de la vieja sabía ser naranja, paloma, miga para las aves que se le epifanizaban en el regazo, un lecho para abrazar el mundo, hasta el país que no existe, el país de la ausencia que es más ligero que ángel. Era de ella esa manera de doblarse el dorso, ese su estilo de revolotear el humo alrededor de los pómulos, aquel su modo de contemplar un pan desmigajado sobre la mesa como si de él se estuviera gestando un nacimiento; me tocó decididamente, la mano no le tembló al trepar mi cadera, las uñas se acunaron en las costillas, me estaba gritando algo con las manos, sus muñecas pulsaban mi piel, como un rastrojo buscando la tierra propicia, no hizo más que enredarme en sus gestos, estaba casi oscuro y un aleteo de ángeles por toda la pieza, una procesión de amigos muertos yéndose al aire con una banda de aldea tocando a Verdi, todo era perfectamente doloroso y enigmático, sólo que la anciana quería algo de mí, que era un invierno en Nueva York, que terminaría por darme dinero la mañana siguiente para que le fuese a comprar una bandera, deja que me acuerde.

No he olvidado ese día entre mercaderes sirios, que parecían tener ametralladoras en los puños, mientras crecía mi barba lentamente y la escarcha se hacía un hábito en los techos de los automóviles y el cielo se apretaba gris como un tren de carga. Hablé con un griego que no se animó a responderme y miraba el ritmo con que la anafe calentaba el café, con un judío que trató de venderme una bandera parecida, «quién lo va a saber, muchacho, de todos modos nadie la verá, *fellow*», abrían inconmensurables cajas de cartón y sacaban banderas de países que te juro que conoceremos un día, Rucia; desplegaban varios metros de Cuba, rasgaban grasosos pendones de Australia con dedos febriles, siempre contestaron que tenían una así, o casi idéntica, que tal vez le faltara la estrella, que ellos la pondrían con género plateado, que la bordarían con hilo de oro, que asegún, me costaría unos doce dólares. Derramaron la bandera de Birmania, la de Yugoslavia, una y otra vez la cubana, una y otra vez la australiana, por último un dependiente negro despellejó su sonrisa centelleándole los dientes como balas blancas y movía la cabeza diciendo que yo estaba equivocado, que no había *such a country*, que *never heard of Chile*, que *maybe I was confused*, que *maybe I mean China*. Hastiado, entré en tratativas con un sastre hebreo que muy gravemente calculó el diseño y prometió tenerme una bandera chilena para esa misma noche.

El resto de la mañana lo pasé acostado entre los vagabundos de Washington Square. Desembocando en la fuente seca me hice de un hueco al sol codeando a los folkloristas, a los falsos estudiantes, a muchachas pálidas de chalecos multicolores y desafinados, a perros tiritones que les olisqueaban los tobillos, a negros lejanos que armonizaban baladas jamaicanas acompañándose del crepitar de los nudillos; las chicas se arañaban los muslos tratando de calentarlos, los poetas escribían fumando largamente, cada cierto tiempo palpando la textura del lápiz como si le buscaran la palabra, y ese sol era muy poco para tanta gente, no se prodigaba como una estrella para mortales, se iba haciendo polvo en la caída, desembocaba en una aureola de niebla encima de los jóvenes.

Me acurruqué sonriendo entre un grupo de muchachas, una me pasó su brazo y raspó su mejilla en mi barba naciente. Está bien, me dije, he comido durante un mes, ahora puedo ir a otro hospital y vender otro cuarto litro de sangre, mudarme la camisa gris por una vaquera al estilo del village, procurarme un par de pantalones de cotelé, arrendar una Remington vieja y probar suerte con mis cuentos en los concursos. Por lo demás la muerte era un astro distinto entonces, el planeta al que iba a viajar la anciana, qué podía importarme a mí; suponía lo que iban a decir los periódicos chilenos, me imaginaba un millón de pequeñitas provincianas invadiendo las alamedas, segmentando la luz de Chile, adorando un nombre que les sería remotamente tierno, como una historia de príncipes narrada por sus padres, como una canción que alguna vez estuvo de moda, y la muchacha esa, Rucia, esa chica regordeta de dientes grandes y comisuras tiernas, de brazos tibios y un poco ridículos, que ahora me ponía su cabeza enfundada en un pañuelo de género escocés, que buscaba apoyarse en mi ombligo, que intentaba decirme algo definitivo en un idioma que empezaba a no entender, me dobló de pronto sobre el espacio como si un alarido se me hubiera inflamado en el estómago, como si algo estuviera pateando en mis sienes. Murmuré una excusa cualquiera; al avanzar entre las gradas iba llorando, se me ocurría que estaba mal, que destrozaba con mis tacos las muñecas y las orejas de los chicos norteamericanos que perseguían ese poco de sol como lagartos, que podrían caer muertos de soledad en esa fuente; en Chile era primavera, iba a ser diciembre, tú preparabas una vacación con tu primer novio en Papudo o en otra playa, yo me fui caminando a lo del sastre, volvería a casa esa noche con la bandera, le pediría prestado dinero a la anciana.

En el cuartucho del sastre hebreo pasé una tarde bebiendo café amargo mientras la secretaria operaba el hilo entre las sedas; recuerdo que había mucho polvo entre las mesas, que una anciana contaba cuencas estornudando en un rincón. Los pliegues de la bandera colgaban doblándose en las márgenes, la vieja cortaba la forma de una estrella en un paño lenci blanco. De Chile me acordaba entonces de las librerías de viejo de San Diego, de los clubes sociales con chicha agria, de los recitales de poetas curcunchos y alucinados en la sala de conferencias de la universidad, del concierto de una pianista prodigio masacrando enfundada en una melena rubia una pieza de Schumann, del auge de los discos de Lucho Gatica, de los desfiles callejeros del FRAP y la Democracia Cristiana, de Antonio Zamorano galopando a la cabeza de un día nublado enracimado en un ejército de canutos, del amor de hotel y madrugada (galgos hastiados de morderse los labios). ¡Dios mío, mis manos esa vez en la tienda del sastre!, las cartas de una noviecita en los blue jeans afranelados, la gloria de Chile, en una mansión de Long Island, hecha de la misma carne y la misma suerte, y yo aún no me alucinaba verdaderamente, se vivía y se moría por las tristes bandurrias, los pájaros caían tan verticales en el aire de la costa, y qué habíamos sacado, qué habíamos obtenido para Chile, sastre Isaac Goldstein de manos de guagua y ojo torvo, qué trompetas suecas van a resucitar a las generaciones consumidas en las pensiones, y a los niños con orzuelos que encumbran volantines y se estropean las cabezas tirándose de los árboles para ver si vuelan, y a los chicos con patas de perro; quién supo que éste es el país que canta; quién mandó a erradicar a los poetas de los hoteles de San Pablo para darles una mesada en la corte (cuidado, canté, con el hermano flaco que canta, dale de comer o te servirá una picota, te anunciará un apocalipsis por la espalda, encumbrará el puñal de los pobres y la santa cena se ejecutará con toneles de viñas de los noblezuelos perversos). Ahí está la bandera que tejes, sastre hebreo; con ella caminaré bajo el brazo para que la anciana enfunde la Virgen del Carmen, y luego la virgen y sus patronos inverosímiles le enfunden a ella como el equipaje de un apóstol; con ella recorreré esta noche la estación de Times Square, olfatearé los afiches de teatros donde se desvisten muñecas inabordables, donde se trama una alegoría, una nación que no comprendo, el paquete me pesará bajo el sobaco.

Por el hueco de la puerta vi a la anciana oyendo música judía en el gramófono con las uñas en los cristales de la ventana, como esperando una nieve, la visita de un organillero con un bombo, de una gitanilla con un loro para la suerte, enfrentada a un zodíaco indescifrable; la música era efectista, daba revueltas por el cuarto, embriagaba tanto como un barril de whiskey. Entonces, sin alterar el piso ni los tapices, puse la bandera sobre el sillón, me valí limpiamente de la sombra, recogí de un closet cercano a la despensa un par de pantalones, mi mejor chomba, y los puse en un paquete; no tuve presentimientos al tacto de la manilla ni al pisar la nieve. Y cuando entré al hospital a las siete de la mañana de un día de enero en Nueva York, la vieja estaba tan muerta como cualquiera, y un mocetón equívoco le inflamaba de colorete la cara, le desvanecía las arrugas con una crema espesa y emoliente, y las mujeres a su alrededor tramaban un dolor engalanado; «los grandes muertos no nos pertenecen», dijo una de ellas, «los grandes muertos son del pueblo»; pero han pasado años de eso, no es que yo me lo esté olvidando, otra vez tenía hambre, otra vez había reñido con mi muchacha, andaba buscando asilo en la casa de algún pintor con una beca Guguenheim, en mi patria nadie hubiera tocado la cara de la vieja como no hubiera sido para besarla, una barrera de funcionarios probaban que mi patria estaba presente, se veían muchos fotógrafos alquilados, detrás de las gafas de la gente destellaba la delación de un momento histórico importante, la bandera estaba allí, envolvía a la virgen como una ola colorada, alguien había recosido con hilo de plata las puntas torcidas de la estrella. Me fui serenamente a una cafetería a tomar desayuno, fumé el primer cigarrillo. Anduve estrellándome en distintas murallas, transitando del café aguado de las *drugstores* a la cerveza fláccida del Engagé en el Low East, empuñando la guitarra a la hora de la matinée para revolver una cueca entre el entusiasmo de los *beatniks*; asistí a recitales de poetas promisorios que sacaban los dientes y la mandíbula muy adelante para masacrar a la sociedad; viví dos días esperando los funerales; rondaba los periódicos como un caballo cojo; en medio del acecho abominé hasta de las fuentes de soda y de las máquinas electrónicas; algo me andaba espoleando, necesitaba dar vuelta el tiempo, retorcerlo como una camiseta, reproducir la agonía de la anciana, apegarme a las paredes del hospital huraño, tocar los ariscos barrotes de los catres, tener el propio testimonio de lo que estaba diciendo, las manos del doctor Vogel, el doctor niño, venciendo con sofismas los recatos de la anciana, quería a Chile como un santo alucinado su muerte, necesitaba el martirio de la anciana para nacer en mi patria, quería una tierra para desgañitar este pulmón cantando, para echar a pensar una cabeza arriesgada y pasional, para merecer el espacio que tan solitariamente me esperaba; había que establecer un contacto, un cortocircuito, una fundición, un acto de amalgamaje, de ligazón, de explosión con esa mujer, y yo, mi compañera, mi buen lecho, mi vino amigo, no quería que la poeta muriera por las tristes bandurrias, necesitaba repletar mi carne con su voz, necesitaba un fundamento, patas más firmes y garras más táctiles, había que «empezar a irse despellejando, a empelotarse ante cada piedra, a dejar que la fiebre viniese del aire y excavara el oído con el nombre de las cosas, era preciso volver a escribir, darse vuelta el esqueleto, marearse ante cada hambriento, desangrarse por cada traición a un chilote, por cada mala explosión en una mina, acostarse en la tierra a la hora del terremoto y brincar sobre ella, limpio, con el sol caliente en la testuz, inflamándose las sienes, reventando los fragmentos de tierra arcillosa como si fueran sandías maduras. Asistiría a los funerales y volvería a Chile, en cualquier barco, en alguna nave libanesa, tapizando los sillones de oficiales, ¿no es cierto, Rucia? Y yo métale que andaba rondando los alrededores de San Patrick, mi estómago funambulesco entre los limousines y desganados policías irlandeses, ¡cómo transformarte la neblina en carne de copihues, anciana, brotarte un puma en medio del templo!; me quedé por ahí, ahuachado entre las pilastras; el sol me venía bajando en el tamiz de los vitrales; era enero del cincuenta y siete y aún deambulaban por las calles Santa Claus ebrios, con campanillas hindúes colgándoles del cogote, aún ciertos automóviles inundaban de algodón molido las calles, las motos se habían puesto caparazones de trineo, no se veía ningún pájaro volando, ni nada verde, ni gente sin corbata; yo mismo podría ser un testigo de boda, una prueba de cargo en un juicio criminal, alguien que entra en la iglesia como a una notaría; no, mi amiga; había que irse cuanto antes, instalar con los universitarios una fonda en la Quintrala, hacer una excursión a la costa de Viña con una amante adinerada, pero emigrar de allí rápido. Me puse las manos en los bolsillos, en los hondos bolsillos que me permitían refregarme los muslos, y entonces, Rucia, cuando nada lo anunciaba, cuando el paisaje reunía toda su fuerza para hacerse un ciclón de púas, cuando los funcionarios cumplían dignamente su protocolo, cuando incluso entendía que el dolor en ellos era posible, vi el sarcófago de mi muerta, amante, inflando la bandera, la que hiciste toscamente sastre Isaac Goldstein en las calles del Bowery, que la ataba como un abrigo de pieles a una friolenta, que se le ensanchaba en la cintura como una falda de huasa, como un vuelo de enaguas en un rodeo; yo no tenía nada que ver con nada, se me fue haciendo la sonrisa, un poquito empujada por la mueca que te hace la cara cuando sujetas la lágrima; lástima que no estuvieras tú entonces (voy a tener que escribirte muchos años en tus cuadernos y en tu grupa esta historia), la calle se me incendió de repente, me brilló el sol de Antofagasta, alguien me miró huraño porque estaba sonriendo más fuerte, o riéndome muy quedo; lástima que no estuvieran allí con sus buenos trajes de gala Alexander Fleming que le dio al mundo la penicilina, ni Ernest Cheron que rompió otra vez el átomo, ni Johannes Jennsen que tuvo que aguardar tan largamente el epílogo de la guerra, ni Howard Florey, ni Arturo Virtanen, ni ahora inmediatamente un bosque de delantales blancos; y era eso lo que hacía falta ¡que soplara el viento, mi alma!, el viento de Nueva York, el mar congelado de Manhattan que pasase rasurando las orejas, y mi muerta, Rucia, se levantaba como un toro que no muere, me andaban en la cabeza unos versos, el zapatito roto para que vengas tú y nos cuentes otro, y yo me estaba riendo, me golpeaba las grupas embravecido (aquí en el vientre yo sé bien lo que estoy cantando); y entonces, mi Rucia, tu muerta echó a volar por América, los siete pueblos por debajo se le acigüeñaban a la cordillera madre (déjame que coma, le dijo a Julio, una de mis papas de América, y ahora una de mis gallinas de América), y ahora los indios podrían escrutar los aires para torcer los malos presagios, el ángulo de las alas de las aves les diría el destino en piruetas, y mi muerta volaba tan alto por América; y ahora venía una generación cósmica, la noche de mi cumpleaños vi pasar el primer satélite, pero aún no cantaba, ignoraba mi nombre, no merecía la cintura de mi amante; la vieja había muerto, ¡qué querías que hiciera!, me vine a Chile en un barco libanés. Ésta es una tierra de montañas altas, de mucho sol, por todas partes hay pájaros, y me estoy poniendo bueno pa'la cueca como quien dice; así que me largué a escribir, conseguí la mujer más hermosa, acentué el declive a la chicha.

Y ahora será mejor que salgamos a bailar Rucia, por la misma.

FINAL DEL TANGO

Infierno infierno la turbia imagen de lo que soy entre los copetines, los bocadillos de langostines y el petit-bouche de queso, infierno mi inflamación entre las piernas mi lomo arqueado mordiendo aún otra maleza, otro infierno, ese que tienes tú, perra, ahí abajo, donde se combustiona la membrana más fina de mi piel, infierno este impúdico derrame de carne mientras hago el tango contigo (la del país lejano) y la piel de zorro de tu madre te cuelga sobre los pliegues de tu terciopelo, y tú levitas por la alta tierra de marfil desde donde asistes a mis contorsiones reventando un gesto, echando redondito el humo del cigarro por la boca, eso, ah já, y pensar aun en un día en que habría sido inteligente, perra, y que eran mis manos las que sabían morderte la cintura, la más hábil la derecha, y la mala era la izquierda, buscándote entre las costillas, y era un tiempo mejor, de vez en cuando llovía en el invierno, no como estos días agónicos, los parques incinerados, la triste tutula del Darío echando un chorrito en el parque, y la lluvia, en cambio, está sólo en los periódicos, llueve en un país lejano y no tan vacío como lo que eres, perrita, dulzura, amor, un país como Vietnam al que debieras conocer para que mudaras de planeta, para que no estuvieses todo el tiempo ahuyentándote los pájaros, para que no mancharas con tanto rouge la boca del cigarrillo, para que no combaras así tu vientre retirándote de mi sexo mientras bailas el tango, para que existieras, perra, fuera de esa zona, de esa nación tan frágil, de esa nariz tan respingada donde pareces fornicar con ángeles, y tus pupilas se dan vuelta llevando tus propios dedos del pelo descascarado de mi gamuza a la pelusilla un poco ácida de tus muslos, ah infierno, y conduces el animal de tu arcángel con tus propias yemas (¿quién eres, quién eres?: tu voz caliente), y se va rajando lentamente la marea en tu carne, y yo estoy lejos de tu incendio, yo contigo bailo tango, ni siquiera D'Arienzo o Canaro sino el francés, el de Brel, el más fúnebre, tal vez el más bueno para abandonar la música, cremarte mis sinfonías (la que me premiaron en Filadelfia, ésa), y verte entonces apenas preocupada, la mirada violeta dulce corriendo abstraída el hilillo rojo de celofán de una nueva cajetilla de lucky, mientras yo repito un pasaje de violín, como si estuviera dialogando contigo, pero tal vez ni eso, quizá lo que suena no es mío sino Tartini, o Mozart, otra mierda, y mañana, mañana, sacudir en la casona del Arrayán la funda de los muebles (son los pájaros que se meten por los ventanales y los cagan enteros) y uno cree que va a llover, pero no es cierto, es sólo que todo se empantana tan fácil, los insectos en el aire, la radio en el mismo *jingle*, y yo una y otra vez, tan ineludible, tan encima, tan caliente y cercano, me viera mi madre muerta, ah-já-já-já-já, me vieran mis alumnos del Conservatorio con esta erección matutina, con esta aniquilación casi saludable, casi moribunda, casi lo único que me queda, perra, que me lo vas llevando en el tango, y mi lengua se corre más abajo de tu pelo, las papilas taladran tu selva, siempre te he visto como país, como un atlas ingenuo, un país lejano para el que no se otorgan pasaportes, mi lengua abriéndose en la maraña, buscando seca un trago, y luego y luego, el perfil brillante de tu oreja, y ahora encontrarlo, vivir ahí, lamiéndote, oh cielos cielos, toda concavidad tuya es imagen de mi muerte, es succión, es precipicio, caída libre, y quién nos viera qué supiera, apenas mi lengua que ronda la dureza de tus cartílagos, ardes, pero casi nada, yo soy un incendio en este salón pero no importa, porque yo no existo, alguien podría describirnos, fotografiarnos, y no habría nada, apenas la imagen de un galán insistente, la palidez de una mina que sabe calentarse mirando a los hombres que fuman bajo los cortinajes del salón, al que ríe con los dientes en la mitad de la pista, al que mira sombrío el pliegue de tu terciopelo en la esfera de tu culo, y me mira, y vuelve a tus muslos, a la línea de tu pierna, y está bailando contigo el tango —ah, infierno—, su rodilla va exploradora bajo el buen corte de su pantalón a abrirte un poco los muslos, a acercarte la mejilla desierta, y tú me resistes, eres una nación remota, una especie de Holanda ambulante, de Indostán, y yo, mierda de mí, estoy firme con la huelga de la Sinfónica, te veo fornicar desde el palco, y yo soy el hombre que tú amas, y yo soy el hombre que te amo, y te curvas tan fácilmente ante esa mirada extranjera, es tan dulce tu rendición, tan flexible y maternal la línea de tu estómago, como si un hijo lejano se te viniese replegando por tus huesos, los dedos blandamente hundidos en tu carne caliente, y casi flotas en la alfombra, elevada como una virgen ascendiendo, y yo debiera orarte, y otro te posee, y yo apenas existo, soy el hombre que tú amas, pero tu vientre se ha combado para mí, mi sexo naufraga en este salón, se muere en este tango, a ti te posee ahora un fantasma, y los trinos de la madrugada se despedazan afuera, o es mi sangre que estrangula los pájaros, esas aves que conozco bien, todos los pájaros que cubren la distancia desde la curva de tu hombro desnudo hasta los árboles desertados, esa madrugada que conozco bien donde el cigarrillo no te detiene, donde las sábanas casi grises son hostiles, casi se tragan tus piernas, pero tú cantas algo, algún tema miserable, y yo estoy tan mal con mis calzoncillos mirando el parque, y tú quién eres, y quién es Brel, y ahora perra qué has hecho con mis manos, por qué se me aprietan así contra tu carne liberándote donde quiero el asesinato, y este vino que viene dando vuelta por todas partes, y ahora el estómago que se me desplaza y se me viene haciendo un incendio como quien dice, qué país es éste, qué lobos lo habitan, qué lengua se habla tan corta de respiración, tan inútil este jadeo turbio que me aprieta en la carne, qué me haces, qué tango es éste que me está matando sin ninguna muerte, qué Santiago, perra, esta fuerza mía que se me dilata, es un cuarteto de Brahms el que estoy bailando y no te doy este triunfo: ten mi amor pero no mi rabia, y ahora que me acuerdo de ese tipo, que si, textualmente, se muere de amor en *La princesa de Clèves* y la música tal vez fuera de Lully, pero esto es peor, estos pantalones de mierda son cada vez más frágiles, mis piernas se van desnudando, tengo un asco aquí cerca, qué especie de maricón estoy siendo por amarte, así sin hablar, como la derrota del trompo cuando cucarrea y se desvanece en la baldosa del barrio, quién canta, cuál es el mejor pasaje que he escrito, y ahora el roce con tu pelo, y mi barba cada vez más pálida, mi bozo lampiño, y hasta el tórax Cristo que se me aprieta y me estoy pegando a tu camisa, y el pecho se me descoyunta, me están saliendo tus tetas adelante, como si estuviera gestando una granada en los flancos, mis piernas cada vez más lacias, el terciopelo moribundo y quién me aprieta, la madera del suelo se baja, mis pies tan pequeños en la alfombra, y yo donde estoy, cuál es este silencio, y tú que me estás llevando con tanta rabia, y qué me importas, y tu sexo duro entre mis piernas como si te perteneciera, tú con tu trono a cuestas, tu mierda de sinfonía y cuartetos, tu boca mordiéndome el cuello, ahora sí que te picaste, sabes que se me levantó la falda, es donde me aprietas así, se me sube la falda y los hombres ven mis ligas, contemplan cómo me corre el sudor por el muslo, y tú me estás matando, y ya sé lo que va a pasarte, acabarás en ti, o en mí, cuando amanezca definitivamente, y tendrás tu propia repugnancia, tu conciencia latinoamericana, tu traje barato, pero yo estaré ahí donde tú dices, en una nación remota, ahí donde tú dices en otra galaxia, ahí lo tienes compañero: ése es el final del tango.

PAJARRACO

a Alfred Hitchcock

El mismo hombre ha hecho de rey en una obra clásica, y posteriormente en una playa de güiros y conchilla molida pasó la hora del crepúsculo agarrando a puñetazos la arena. Desde la ventana del cuarto se aprecia el siguiente detalle: cada vez que el hombre golpea en la arena sale disparado de allí mismo un pájaro, que la vuela y la vuela, y no termina de volar cuando ya otro lo persigue mordisqueándole la cola emplumada, y luego viene otro pájaro con la cabeza aguda contra el cielo, hace pedazos al sol en la pirueta, quiebra nubes, y desnuca el trasero de otra ave, es decir, otro pájaro, falto de aire, con el buche sofocado, indigesto de plumas, vuela a reculadas, da una pena, pero se pierde de vista porque viene un pájaro más o menos grande, como un águila pero no tanto, que azota su pico curvo, la nariz prodigiosa que le ha dado esa madre suya, contra el plumaje del pájaro enfermo que va echando saliva; y el que sigue se viene desangrando, de nacimiento le habían entrado una bala, una munición en los espermatozoos del padre —dense cuenta— y va tiñendo al paso las nubes, como en una de Gregory Peck en Texas que se le ha acabado el agua y un coyote —feazo el carajo— le sigue la pista, le viene lamiendo una larga cosa sanguinolenta que se le asoma del estómago, una tripa digamos [ahora intervienes tú a esta altura del relato: la situación es formidable, porque es la última vez que vas a la matinée del teatro de barrio, te indigestó la anilina del chupete helado, ese cierto momento crucial en que no distingues entre el de fresa, el de piña, el de guinda marroquino, y te sale la escena esa después de la serial de Tarzán, y te aprietas en el asiento (te hundes en el asiento se dice)] y aquí se fusionan los planos, aparece otro pájaro, un bicho difícilmente descifrable, ponle un halcón bendito, o el cuervo Harry Haley, que aprendió a cantar baladas isabelinas durante la quiebra del Bailey and Barney, bueno, ésta era un ave muy sui géneris, le habían encargado una misión dificilísima, algo indescriptible, como para una serie de televisión en el mejor horario, domingo a las ocho de la tarde después de *Mi marciano favorito*, imagínense que a este pajarraco le encargan la *Misión imposible*, algo como para Greg Morris y Barbara Bain y Martin Landau, o para Diana Rigg, en *Los vengadores*, pero ni eso, a este pajarito compañero le han encargado un fardo, de a oídas brillante, es decir, si a uno se lo propusieran haría lo mismo que el pájaro, es decir, aceptaría sin vacilar por lo exótico del argumento, por el caché internacional que daría la hazaña, algo como para escribirlo en un libro bueno, algo como *Sinuhé, el Egipcio* de Mika Waltari, algo así, enorme, trascendente, en fin, como una de Spillane, bueno este pájaro se entusiasmó de buenas a primeras, sin pensarlo dos veces, venía medio caramboleado con un coñac búlgaro que bebió en un matrimonio rural, algo mareado con los violines y las bordonas de la guitarra, había salido a dar una vuelta por ahí con el buche emplumado, lleno de tabaco el paladar, algo clueco de alas, se puso a orinar bajo un árbol, de lo más conscientemente, a vejiga suelta, dijéramos, con un paisaje lindísimo (en aquel momento que estás en la matinée lo hubieras tolerado en una de Terry Moore y Robert Wagner, o en *April Love* con Pat Boone), lo que le llaman un paisaje idílico, el descueve, bueno, aquí estaba este pájaro feliz con su tutula méale que méale debajo del durazno cuando se le aparece volando un pájaro mucho más grande que él, pero menos encachado, algo flojo de cintura, y con una chasquilla canosa sobre los ojos pequeños; tenía las plumas arrugadas y un *ne sais quoi* místico en el modo de pararse en el viento, porque dicho y hecho, se puso a levitar delante del pájaro sin mover las alas, y este pájaro había oído hablar de cosas semejantes, lo había oído en historias que le habían contado los gitanos o García Márquez en la farmacia de

Mercedes, porque cualquier pájaro en su sano juicio si se ponía a volar sin mover las alas se sacaba la cresta, perdonando la palabra, y de repente el pajarraco, como un cagón cohete interplanetario, se inflama de debajo de las patas y empieza a dejar la tendalada, imagínense que le brotan fuegos artificiales de dondequiera, que por las orejas, que por el sobaco, que por el hoyo del culo, es una voladera impactante, si uno hubiera estado allí se quedaba con la boca abierta, el pájaro se quedó *con el marrueco abierto*, era como entrar al Lido de París por una puerta falsa y agarrar el momento que se empelota la estrella, era de aplaudirlo, palabra de honor que el numerito se cagaba a Houdini (no pierdan el hilo del relato porque esto después se conecta con el resto), imagínense que en un momento dado el pájaro este espianta, se hace humo compañero, y después vuelve a aparecer, pero doble, tal como suena, es decir, el pájaro que había antes y otro igual al primero, un *tour de force*, realmente convincente, de no estar tan concentrado el pájaro en cuestión lo habría aplaudido, y lo más grande viene a continuación, el pájaro doble se reunifica, como quien dice, echando un olor a azufre propio del mismo diablo, o carraspea, se acaricia la barba, una especie de pluma de papagayo, y dice:

—¿Qué te parecería un trabajito para hacerte de unos pesos?

Piense que un pájaro es como cualquiera de nosotros; sabe que con plata se compran huevos, avena, alpiste, gusanillos frescos, y otras cosas sabrosas.

—¿De qué se trata? —pregunta sacudiéndoselo.

El pájaro se da su tiempo.

—Necesito que me eches una mano.

—¿Ah, sí? —dijo el pájaro—. ¿Y qué ha escrito usted si puede saberse?

El pájaro viejo se limpió los dientes con una ramita de olivo y lo quedó mirando.

—Un best seller, muchacho. Una vez me cuadrupliqué y dicté *El Evangelio*.

El pájaro chasqueó la lengua de lo más interesado, pero no quiso pasar por ignorante.

—He oído hablar —dijo.

—También lo llevaron al cine —dijo el pájaro viejo y canoso—. Lo filmó en Hollywood Cecil B. de Mille.

—Ah, ya —dijo el pájaro guardándoselo—. Ése está casado con la Taylor.

—Justamente. Con Mike Todd, será.

—Claro. En el pasado.

—Claro.

—¿Y en qué puedo servirlo? —preguntó el pájaro.

El viejo carraspeó y se colgó de una rama. Allí se puso a balancearse.

—Es un asunto delicado —dijo, mirando para todas partes. Enseguida sacó un aro, una especie de hula-hula, y se puso a meneallo alrededor de la cintura.

—Mira la cuestión que inventé —dijo—. Te lo pones en la cabeza, y quedas más santo que la cresta.

—¿Cómo así? —preguntó el pajarete.

El viejo hizo bailar el aro en una pata, lo resbaló delicadamente por el pulgar, y duplicando el sol en las volteretas se lo puso en la cabeza del pájaro. El avecita, con lo caramboleada que estaba, se sintió el descueve.

—*You speak english?* —dijo el viejo.

El pájaro había aprendido el abecedario y contaba *one, two, three* y gracias. Pero llevado por un irrefrenable impulso, dijo:

—*Oh, yes.*

—*Parlez-vous français?*

El pájaro había visto una con Jean Seberg y Maurice Ronet dirigida por Gary que se llamaba *Los pájaros van a morir al Perú* (ad-hoc) y había leído los textos muralleros de *La imaginación al poder*. Eso era todo, exceptuando alguna vieja y desabrida balada de Ives Montand. Sin embargo ha replicado.

—*Ah, oui.*

—*Are you ready?* —le preguntó el pájaro viejo.

El pájaro se veía de lo más cuma, con la aureola, que le llamaban.

—Yes, yes, yes —cantó.

El viejo se sentó en una rama, y desprendiendo un damasco se puso a chuparlo, todo desdentado.

—Vas a irte a esta dirección (le extendió una hoja de cuaderno Torre Caligrafía) y me harás un servicio.

—*Got it.*

—Te vas a este pueblo y preguntas por un tal José.

—José. *Go on.*

—Vas a verlo, y le presentas esta tarjeta.

—*Oh, oui* —dijo el pájaro.

—Es una carta de recomendación —dijo el viejo—. Personal e intransferible. Nada de jugártelo a los dados, couchon.

—¿Como se le ocurre? *Never mind. Don't worry. Relaxez-vous.*

—Le dices que vienes de parte mío.

—De parte suyo.

—Le dices que tú vienes a engendrar a María.

—A engendrar a María. *Bien d'accord.*

—Le dices que todo está en orden. Según lo convenido.

—Todo está en orden.

—Según lo convenido.

—Según lo convenido.

El viejo lo agarró de un ala.

—Fíjate en el santo y seña. *Are you ready?*

—*Yes, yes, yes* —cantó el pájaro.

—Atención —dijo el pájaro—. José dirá: «Aserrín, aserrín».

El pajarete, medio caramboleado, se pasó de listo.

—Aserrán, aserrán —replicó.

—*Tais-toi, imbécile* —a dit le vieillard—. *Alors tu lui dis: Je suis l'Esprit. The Holy Ghost, got it?*

—*Oui.*
—Eso es todo. Él te explicará el resto.
El pájaro se ahuachó contra el tronco, y lo miró de reojo.
—¿Qué te pasa ahora? —preguntó el viejo.
—¿Combien? —preguntó el pájaro.
—*Ten dollar*, gastos aparte.
Se arrancó las uñas, y echándoles escupito las transformó en monedas americanas.
—Aquí tienes el viático. No te lo juegues en la taberna.
—Yo no juego —dijo el pájaro.
—*Tais-toi* —a dit le vieillard—. *On m'appel l'Omniscient. Alors, allez.*
El pájaro emprendió vuelo. Voluptuosamente le mostraba las costillas al sol, y cuando sentía el pellejo tibio, se daba vuelta de campana en el aire para calentarse la cola. Muy confiado, se puso a tararear *Bye, bye, black bird* sin advertir a un cazador norteamericano que le había tomado ojeriza y lo apuntaba con la escopeta.

Cualquier espectador se habría percatado que la bala que le entrara al ave era suficiente para hacerlo picadillo de los sesos. Pero sí sería milagroso el pájaro, que asimiló la bala. La digirió, como quien dice, y quiso Dios que le cagara la cabeza al cazador que le había enviado aquel *plúmbeo mensaje de finalidad mortal*. El norteamericano fue preso de ira y de hondo desencanto porque tenía la medalla P.S.I.C.O.D.E.L. con una inscripción en oro de concha kilate que decía «John Foster: donde pone el ojo pone la bala». Así que fue una experiencia traumática, y siguiendo la huella del ave, valiéndose de un gerifalte orteguiano (Ref.:) le puso galope y galope y emigró a la Tierra Santa. Este halcón del norteamericano era modelo especial hecho para él con una placa con su nombre: «John Foster: *five thousand dollar*; regalo de un amigo Nelson», y tenía buen pique, bujías nuevas, *et vingt chevaux*. Además tiraba por el hoyo del culo bombas de cobalto, napal y huevos putrefactos, que al fundirse con el aire procreaban aves de rapiña con torvos picos asesinos para abrir a picotazos las tripas de los rivales.

Cuando John Foster se puso a la altura del ave bendita, y se disponía a mandarle un cuervo que le picotease su masa encefálica, el halcón ha levantado un brazo y con gesto solemne ha atrancado su agujero, de modo que no se le escapa ni un simple aire, *et il a parlé. Il a dit*:

—Tú ser inteligente, gringo. No desperdiciar mías huevas poudridas, con pájaro *this*. Dejar huevas poudridas para más adelante. Esperar que pájaro santo pierda la aureola, y entonces tú ir a meterle balo en la oneja. Después aturdirlo con bâton de nobles y ahorcarlo hasta morir un pouco con gancho de finanzas. ¿Digmi Niels Hölgerson?

El norteamericano se mascó pensativamente la lengua y dijo:

—Tú muy clever. Ser muy inteligente y ahorrativo de tus huevas poudridas. Ser un halcón más económico que un canario, además.

En tanto, el pajarito, ignorante de lo que se tramaba, había llegado a la Tierra de José, y bajó en picada a la barraca. Detrás le vino ese infame halcón: el gerifalte sacrílego; el mismo que iba a gestar el santicidio, sosteniendo a Foster en el lomo.

El pájaro bajó sobre el barbudo, y pió como pollo:

—Aserrín, aserrín.

José le abrió dos dedos de la izquierda:

—Venceremos.

Dio un revoloteo más.

—Contraseña —mandó.

José se limpió el aserrín de las pestañas.

—Aserrín, aserrán.

—Espíritu Santo —dijo el pajarito—. *Deus dixit*. Vengo a verte por lo convenido.

José descolgó su delantal y lo puso sobre la silla.

—*Follow me*.

Sobre la arena dibujó un pez grande y tuerto: «Ictus», dijo. Luego adelantó dos dedos de la izquierda.

—Venceremos.

María estaba en la pensión oyendo radio, y el pájaro le dijo que se acostara. Le pasó la aureola, y entonces le dijo: «Estás engendrada de Cristo. Aleluya». Y se mandó a cambiar para gastarse los dólares en una taberna del camino. Al mirarse en el espejo del vestíbulo, advirtió aterrado que tenía una cruz de ceniza sobre la frente. Por mucho que revolviera las plumas, le echara escupo o se la tapase, temblaba como un anuncio de neón. A la salida, John Foster acechaba con una Colt 45, y le metió una bala *double-gum*, dos en una, en la encrucijada de la cruz frontal.

A consecuencia de este acto de violencia, el pájaro cayó muerto sin más preámbulo. Foster se descolgó del halcón (Ref.:) y agarró al ave del cogote, mientras echaba un último aleteo, como de ánima.

Foster mandó embalsamar el pájaro, y se lo llevó en un avión de la Army a su ciudad natal de Idaho, donde, después de cenar, se lo muestra orgulloso a sus amigos.

Ahora bien, esto le pasa al hombre que cuando niño fue por última vez a la matinée del teatro de barrio saboreando hasta la indigestión helados de gustos discernibles, mientras ve una de Gregory Peck que se le ha acabado el agua y un coyote acarajado —feazo— le va mordisqueando un cordel que le mana del estómago. El hombre se aprieta en el asiento (se hunde se dice) y mete los dedos bajo el cuello de la camisa para limpiarse la transpiración que le va diseñando el cuello. En aquel momento se acuerda de la historia de Harry Haley, que aprendiera a cantar baladas isabelinas, y que era cuervo. Fue finalmente rematado en pública subasta en una de las tantas quiebras de los hermanos Bailey y Barney. Su destino no podría ser más ignominioso: se lo saboreó a avanzada edad el gato de la esquina. Con sus plumas, los chicos de la escuela escriben composiciones caligráficas y pornografías en los bolsones de sus compañeros. Sólo una moción se ha presentado para elevarle una placa recordatoria en el local de la Organización Pro-Música Isabelina en América. Le encuentra entonces cierto parecido con un ave muy sui géneris, un pájaro al que le habían encargado una misión dificilísima, algo indescriptible, como para una serie de televisión en el mejor horario, domingo a las ocho después de *Mi marciano favorito* y este hombre que ha hecho de rey en una obra clásica con el cabello en fuego ante el estupor del público, se entrega a la otra pantalla, recuerda su infancia, y se le borra la película, como quien dice.

BASKETBALL

a Loreto Herman

El tango me venía de un tío incierto que asediaba los jueves en la casa cuando caía algún dinero y a los tallarines a la yugoslava se agregaba carne mechada, suavemente fibrosa, y ciruelas y queso.

En los malones me hacía orillero; tenía afable comercio con los empapelados de los rincones; era un poco Nat King Cole en mi modo de aterciopelar la voz para hablar con las muchachas, y consuetudinario comedor de queques.

El entrenador del equipo del colegio me había dado calabazas. Aunque mi puntería era fiera, aunque fuese capaz de encestar desde fuera de la bomba con la misma nitidez con que una paloma va a posarse sobre el alero de la iglesia, o con el mismo chasquido suavecito con que uno se pone los calcetines de lana, me jodía el prestigio esa cosa de actor de cine, ese afán de complacer mi vanidad sin tregua, de acordarme de un *dribling* de fantasía cuando faltaban tres minutos e íbamos perdiendo. El entrenador había notado mis ojeras, y me palpaba el hígado, y me decía te duele aquí, parece que estás enfermo. Cuando me sorprendió una noche chupando cerveza con los colizones del Bier Hall, tramó una entrevista con mis padres. Pero mi viejo estaba trabajando firme en el partido, los pacos le habían molido un cacho de cabeza, y andaba con un tajo de este vuelo. Así que no hizo su epifanía, y hasta yo mismo comencé a acostumbrarme a hacer de la cimarra una fiesta. Pero nada muy alegre compañero, puro darle vueltas y vueltas por el centro, puro meterme a las diez de la mañana con un membrillo y un pan con mantequilla a Radar o Rolec a oír discos de Gatica, y los primeros temas de Ray Charles, que eran el acabóse. Claro que el viejo de gimnasia entró en componendas con el profesor jefe, que nos enseñaba la filosofía, y que me tenía entre ojo y ojo porque yo me había leído a Kafka y usaba el pelo un poco demasiado largo y todo eso. Cuando me cachó colocando un afiche de Fidel en el diario mural del colegio, llevó el caso al Consejo de la Escuela, de donde salí eximido con honores.

La música que se oía entonces era la de unos negros calugas, los Platters que le llamaban, Giolito tenía un trío más desabrido que un domingo sin fútbol, y el club de jazz quedaba en Merced, cerca del Teatro Santiago, y ahí tenía yo mi oxígeno y mi sangre, aunque nunca una muchacha; allí las chicas tenían esos vestidos de talle largo que le ponían la cintura lijadita y cualquiera aspereza se la limaban las manos encolleradas de los pitucos que tenían billullo para meterle al gin con gin, a las primeras partidas de marihuana, y sobre todo, a esa cosa tan inaccesible, tan remota, tan próxima a la dicha imposible, que se llamaba motoneta.

Conclusión, que mi amigo Jaime que primero soplaba a Brahms valiéndose de un ensordecedor pito fabricado con sus nudillos se había agenciado un clarinete, o tal vez la pura boquilla, y que si uno le ponía buena voluntad a la oreja, podía identificar como «Basin Street» la bazofia que sonaba, y que yo me hinché de tanto darle a las cacerolas, y visto que como vocalista no iba a ningún lado, porque el chico Calvo me había prestado el longplay de Billy Eckstine, comprendí que no había nada más que hacerle, paciencia. Entonces me enamoré perdidamente de una muchacha de Quinta Normal, muy espiritual la chica, como que no quería nada con la cama, tuve una iluminación patafísica (perdónenme), de lo que era el *je ne sais quoi* del basketball, y descubrí que amaba el pellejo más que cualquier cosa en esta galaxia. No me quedaba otra cosa que ser escritor, qué crestas. Así que me puse la bufanda larga de mi abuelo, rompí definitivamente las relaciones con la peluquería, y convencí a Jaime que nos inscribiéramos en el Deportivo Flecha de la calle General Velásquez.

Ahí nos agarró un chico inspirado del que se han perdido la mitad de la vida si no oyeron hablar de él, se llamaba Jaramillo el carajo. Cuando me vio la corpada y estudió mis manos, me dijo: «Te meto de centrodelantero». Y en efecto, yo podía maromear con la bola en la mano derecha delante de los más pintados defensas dejando el cuerito en un equilibrio incólume. Me pusieron de rivales al Tito Salazar, al tenor Yancoli, por último al Flaco Alcayaga, y nada mi alma, los mareaba con el olor del cuero. Apretada a mis falanges la pelota era tan dócil como un pulmón, me latía entregada hecha una gata, las fibras duras al tacto se me hacían entre los dedos un plumaje; yo no hacía nada, la mano mandaba, me torcía el dorso, me contraía el esfínter, las piernas se me apretaban y soltaban como si yo apenas fuera una sombra; en cualquier momento estaba libre de rivales y salía disparando mi pájaro, mi alondra, mi palomita de mierda, a embocarse suavemente en el canasto. Durante los entrenamientos yo podría haber escrito una novela, lo único malo era que Erika le tenía reticencia a la cama, mezquineaba el roce de los senos como si fuera una vaquillona hindú sagrada y todo eso, y yo no tenía vocabulario, una pura peste inflada de silencio, pura sinopsis, y no debutaba formalmente en el lecho, y como siguieran las cosas así hasta maricón podía ponerme.

Segunda parte, que el Flecha salió suavecito quinto en el campeonato de los barrios. Nos pisaron los de Matadero, los del Gustavo Helfmann, los Cerrillos Boys, los Metalúrgicos, y el Seleccionado del Recorrido 4 Alameda General Velásquez.

Vencimos por W. O. a Tropezón, y ganamos al Liceo Nocturno Número Doce, y al Deportivo Socialista. Si esto no les dice nada, sepan que en los últimos dos años el Flecha había sido colista irremisible. Yo goleaba lo que me pidieran, pero era en la defensa donde quedaba la escoba, y todo porque seguía con buen ángulo para la cerveza: prosperaban mis ojeras, empezaba a joderme la moral haber espiantado del colegio sin advertírselo al viejo, y no tenía fuelle para ir a cubrir mi zona. Pero desde la mitad de la cancha para adelante era una de las cosas más definitivas que se han visto en basketball. Jaime, que era el único que conocía mis intimidades, me llamaba para callado «la virgen del baloncesto». Y lo que más envidia me daba era que se había tragado un libro de Freud para un trabajo de psicología y me trataba como un psicópata o algo.

Me dijo que yo estaba sublimándome, dense cuenta.

Y a lo mejor era cierto, porque a los diez minutos de partido empezaba a sentir problemas con los pantaloncillos tan estrechos. Entonces tenía que ponerme de espaldas a la gradería, o pedir en lo mejor del ataque un minuto para cubrirme el medio de las piernas con la pelota, qué iba a hacerle. Y un día hasta pasó lo que ustedes están pensando.

Ahora bien, lo que suele haber en los inviernos de Santiago son los naranjos, la leche cuneteada en la vereda que arrastra cáscaras y papeles entre otras cosas.

Al grano: ese domingo de invierno tuvo para mí introducción de ángel. Me desperté medio místico, casi lúcido, y cuando limpié la cacerola el incinerador olía a espíritu santo, a paloma por lo menos, y eso que no había ni atisbo de sol, puras nubes apretadas, como un tren de carga, y la pura verdad que en cuanto salí a la calle estaba hecho o algo por el estilo. Lo grave era que la noche anterior la había cocinado con pura panimávida, escuchando esas cuestiones de Mozart donde siempre es la misma vaina, para-pa-rá-chipún-chipún, y leyendo un Zane Grey somnoliento que entendía maldita la cosa. Así que a la media hora ya estaba buenas noches los pastores. Después de vestirme y agarrar el balón, como quien dice, pasé por delante de una iglesia donde había dos cabros sacándose la cresta. En la fuente de soda de la esquina, el patrón venía sacándome a un borrachito, y en la frontera del sábado con la madrugada del domingo yo era la mismísima imagen del niñito Jesús de Praga en medio del burdel que había dentro del boliche. Mientras marcaba el número de teléfono de Erika, se me colgó una putita del paletó con mucha labia. Me hice lo más gil que pude, y le pregunté qué quieres servirte, un vaso de leche o algo. Y lo que quería era un vaso de leche, así que se fue a tomarlo al mesón haciéndome morisquetas. Yo llamé a Erika, que se demoró en llegar porque estaba amadrinando una gallina según me dijo más tarde, y yo le dije que nos juntáramos en la cancha, que era cosa de vida o muerte. Debo haber sonado tremendo porque no me preguntó si estaba borracho ni nada. Después tuve problemas con un pelusa que quería birlarme el reglamentario de arriba de un taburete y pretendía hacerlo rodar por las baldosas.

Me descolgué de la micro en la Estación Central, y la corrí hasta la cancha del Flecha dándole botes a la pelota como si tuviera la mano imantada. Aunque a lo mejor fue un sueño que yo tuve mientras iba corriendo. Si hubiera sido un sueño, se trataba de lo siguiente: iba corriendo dándole botes a una pelota por calles desiertas, y yo no respiraba ni nada por el estilo, acaso ni corría siquiera; pero el cuero de la bola sudaba dócilmente, y se me replegaba en la piel como una bestia, y se me comprimía en la mano, y me lamía los dedos; era lo mismo que palpar una flor germinando, y al pase en el aire se desgranaba, pero de alguna manera al volver a mi mano se hacía otra vez compacta. Y de repente toda la calle fue una sola convulsión, la pelota se iba chupando la acera, empezaba a desentrañar lo que había más abajo de todo límite, sólo el ritmo era seguro y nada más permanecía, era como los discos de Coltrane con Elvin Jones, Coltrane estaba en cualquier parte, traficaba con el caos, llevaba las cosas hasta achicharrarlas, masacraba todo orden, Jones apretaba la expansión, Jones era un gran carajo, Jones era una dama, tantas noches de luna, tanta marea y repujo, tanta cuota de sangre.

En los camarines hallé el cemento húmedo y por

las rendijas de la puerta se trasladaban las hormigas, circulaban por las grietas y en la penumbra se balanceaba una telaraña. Alguien había regado el piso de cáscaras de manzanas, pero además alguien había metido todo ese silencio en la mañana para que nadie supiera qué hacer con las manos, y yo olvidé el rostro de mi madre, mi primera casa, la primera soledad en bloque derrotado sobre los rieles del ferrocarril de San Antonio a Cartagena un verano.

Me calcé las zapatillas, la camiseta naranja con el quince negro bordado pequeño en el pecho y grande en el lomo y caminé sin prisa hasta el medio de la cancha. Antes que coordinara los antebrazos y rozase con los pulgares el borde de las cejas, antes que pudiera oler profundamente toda la redondez de la bola, supe que acertaría en el canasto aunque no mirara. De modo que me senté sobre la pelota, y me quedé todo el rato en el círculo mirándome las rodillas.

Cuando Erika me sorprendió, por el hombro sentí una especie de incendio. Junté mis pobres llamas, mis huesos pueblerinos, puse el verdadero límite que había entre mis dos orejas, y fui pujando las palabras, aunque estuviera tan mudo, tan certeramente de incógnito en el planeta, con los codos agudos y las falanges flexibles. Iba a empujar a Erika sobre el tronco del borde izquierdo hasta que sus muslos se le reventaran con mi rodilla, hasta que tuviera que pedírmelo en nombre del santo padre, de todos los testigos de Jehová, de cuanto bueno y falso profeta ha habitado la galaxia. Yo que no quería morir era capaz de brindar la muerte. Como si se me hubiera agigantado la mano y pudiera romper entre la palma un cuello o una pelota, triturar una yugular o masacrarme la cabeza contra el poste bajo el cesto.

—¿Qué te pasa? —preguntó, con los ojos así de abiertos como si alguien se los estuviera tirando. Por arriba de la mata de pelo castaño, del severo moño de liceana burra, el sol ya la estaba haciendo una especie de arcángel. El resto de la luz existía para puro joderme los ojos. Me levanté, y allí debió haber terminado el sueño: otra vez respiraba, pero pam-pam-pam, como a patadas. Ni siquiera se me ocurrió sacar la camiseta para cubrir las entrepiernas. Si venía en serio a besarme (lo vislumbraba en el modo de mitigar los párpados), si ponía carne con carne el labio y mi hocico, se acababa para ella la fiesta. Se acababa el nombre de su padre, esa guitarrita de los canutos que tanto le gustaba oír en la Quinta con señor voy a tu reino, y carecía de importancia que fuera Erika, la princesa del barrio Quinta con los pechos duros y los muslos calientes, podría haber sido Olga la de Manuel Montt primera cuadra, que se aterciopelaba tanto con los discos de los Cuatro Ases y te hacía sentir sus caderas como un vaivén de tu propio vientre, o Angélica, que siempre era demasiado pálida para hacer el definitivo holocausto, o la pequeña Gloria, que se encerraba a llorar amores perdidos que jamás tuvo en los wateres de los anfitriones durante las fiestas de quinto año.

Le agarré el beso en el vuelo, allí le hice la primera trampa con el diente, sin darle tiempo a respirar, y luego le fui empujando el beso para metérselo a la garganta, para sembrárselo en cualquier parte de la carne donde se le levantara la mano haciéndose uña en las costillas del amante. «Estoy enamorado», le dije.

—¿Qué se siente?

Me permitió que mascara el pelo encima de su oreja. Con el sol se caía todo el follaje, se precipitaba un pájaro, me dolía el cuello equilibrándome, los hoyos de las narices agolpados de cabello. Y su boca estaba húmeda, y mis labios perfectamente secos, hechos una sola grieta, un jeta de aserrín, de muñeco, me daba miedo dañarla con el roce, pero la humedad de las encías me los iba poniendo fértiles, tenía todas las palabras necesarias para embolinarla, en cualquier momento comenzaría a levitar, con la sangre tirando hacia las mechas era como si todo el cielo fuera una fiebre imantada, pero las palabras me hinchaban el cuello y el diafragma, le faltaba algo que las ordenara, alguien que presionara mi hocico para irlas modulando. Podía replicar «una dulzura inmensa», «una masacre», «una rabia».

Agárrame las costillas, decía mi jadeo, suelta mi pantaloncillo con tus uñas, muerde ahora la camiseta, pon tu lengua debajo de mi hombro, vamos más allá de toda garganta, más allá de las cejas, de las rodillas, de esta asfixia, Erika, de este espacio que se verá combado tras tus ancas hecho una gran cama, una alfombra de aire, tú y yo haremos época, levitaremos empujados por la resolana y todo sucederá en el aire, estrellándonos contra las aves, aplastando en su territorio los mismos insectos, como abejas, como perros, como ángeles. Pero Erika quería que yo estuviera muerto, no iba a permitir más tratativas que pasteles e invitaciones al cine, que baileteos los sábados por la tarde y Roberto Inglés con un solo dedo y los Cuatro Ases de mierda, y que yo sucumbiese simplemente, con las manos calientes, con mi penacho alzado, con mi cuello doblado hecho un río sin fundamento, una pura corriente pueblerina para meter las patas, ultrajarla con la piel suavemente callosa, delicadas protuberancias de hembra, y luego salirse gritando, secarse con la toalla, subirle el volumen a la radio, masticar un sándwich, comprar cigarros Liberty, conversar con el hermano menor, poner en orden el pliegue de la falda... ¡Si me hubiera preguntado otra vez qué se siente!

Y de pronto, sólida, compactamente las cabezas se nos estrellaron contra el árbol. Si ella no gritaba era porque yo le tapaba la lengua con mi boca, y las vetas del árbol le soltaron ese chorro en la mejilla, y eran las hormigas las que me andaban por encima del cuello y se me insertaban en la oreja, y qué querían sus manos, pulverizarme el hígado, transparentar los pulmones, poner en crisis esas duras venas, casi quebradas, casi sudorosas, o yo la estaba tratando y su cara era violeta y era amarilla y era rosácea, y había un modo en que el asfalto hablaba, un estilo de decir el sol, un modo de reventarse los árboles sin que se les moviera un pelo, de pie, transpirando, y yo le solté los labios, yo le metí la mano por la cintura para que ella viviera, para que sumisamente doblegara sus lomos y sus senos al sol, pero no quería su libertad, iba como a vomitarla sobre mi hombro, le iba a salir otra sangre por los ojos, se iba a derramar moquillenta por las narices, las orejas se le iban a caer en pedazos cubierta de hormigas (ibas a morirte Erika como una flor estúpida, como un ombligo incólume), y yo llevé mis manos contra su nuca, y me pateaba entre las piernas, se armó de dientes, se armó de saliva, tenía los senos duros como coscachos, coces y yo zurré su cabeza contra el tronco, como en defensa propia, en última agonía le fui metiendo las uñas por el pelo, machucándole la frente, y su sudor fue cubriendo la aspereza de la madera, se le desgarraba la nariz, iban a reventársele los labios, y entonces la dejé ir, estaba demasiado lloroso para seguir viviendo, en medio de las piernas los dolores eran alaridos, como si ella hubiese hecho el gesto final, implantando el más feroz de los colofones me ponía la lengua en el cemento, ella quería que yo fornicara con los ásperos granulillos del concreto, con el pulverizado de goma de las zapatillas, con los dientes partidos contra una boca estéril, ella quería verme llorando, quería seguir su oferta al sol, su propio llanto, su pómulo rasgado, su pelo negro húmedo, los bordes de sus senos mojados, mordidos, degradados, ella quería irse, se iba, y yo era un final perfecto, casi un marica, virgen definitivo, ausente, el polvo podrido en las narices, esa triste dureza inútil allá abajo.

Entonces Erika debió haberse ido, y yo tal vez tendría las yemas de los dedos sobando mis cejas, o las uñas en la boca para que no me vieran llorando, o Erika estaba allí y el sol se anegaba entre pestaña y pestaña y el llanto me hervía hasta enceguecerme. Por debajo del cemento sentía venir una sombra, un alero que apenas empezaba a mojarme los tobillos, una lenta cortina, como un final de acto de una muy mala obra donde los protagonistas permanecen estáticos buscando en la inanidad el drama, como si la piedra, el ojo crispado, contuvieran una acción que más valdría que no llegara a ninguna parte, como van a cerrar la pieza con la muerte de este servidor que le habla, y ustedes van a salir al foyer a fumarse un cigarrillo.

Ésa era mi sombra, especialmente dedicada para irme helando las piernas, cubriendo los pelillos rizados, sin prisa, y mi vientre después de todo se replegaba aunque el sol me lo estuviese buscando, como a cuchillada supongo, como si mi vientre no fuera la sinfonía inconclusa ni esa riña fuera un último tango o una canción pasada de moda, o un asesinato en cualquier acequia. Puta madre, empecé a saborear la piedra: a rozar dulcemente mi nariz contra la capa de polvo que se iba abriendo con un diseño simple e indescifrable. Encima del bozo, las lágrimas sabían formidables. Las fui trayendo con la punta de la lengua sobre la capa de dientes, empecé a rasparme las encías con las uñas, a palparme los pómulos, y los sentía todos calientes, recién florecidos, ridículos, mofletudos, cómicos. Y mi sexo también era divertido, tan acurrucado, mosquita muerta, un pobre pedazo hipocondríaco que había fallado en su mejor acto, delante de todo el escenario de mis fantasmas, delante de Samuel Bennet por ejemplo, delante de Holden Caulfield, de Chet Baker, de Jerry Mulligan, de Coltrane, de Joao y la Astrud Gilberto, de Dorival Caymmi, de Julio Sosa, delante de mis abuelos recios de grupas, delante de tantas conversaciones enfermas en boites penumbrosas, calugonas, de tantos senos intuidos y nunca acariciados, delante de mis amigos triunfadores, Golden siete en Biología y a Medicina, Carvallo 7 en Matemáticas y a Arquitectura, Villanueva 7 en Gimnasia y a la Primera de la U de Chile, delante de todos los padres que nos sorprendieron un poco más adentro del beso en sofás destartalados de todas esas calles empedradas de Santiago, de las vergonzosas noches yertas, imbéciles, con la revista en la mano y las baldosas manchadas, y entonces yo me fui replegando, acurrucando sobre un centro del que carecía, huyéndole al lengüetazo de la sombra, y de la misma mueca del llanto fui afilando lentamente la sonrisa, fui cerrando los ojos, fui durmiéndome, las rodillas contra el pecho, animal, definitivo, una fiera más en el planeta, como ese árbol, ese pasto seco.

    Desperté cuando el esfalto estaba blanco. La sombra había pasado sobre mi lomo para ir a derramarse contra la pila de ladrillos detrás del arbusto. Tuve necesidad de beber agua, pero mis piernas se me agarrotaban, impidiendo que me moviera. Fui trasladándolas lentamente, ofrecido al sol, hasta que cedió la piel debajo de las rodillas. Entonces traté de levantarme apoyando la cadera contra el suelo, y luego la mano, y enseguida torcí el dorso, y ahí fue donde me sorprendió toda la marejada de luz y hube de doblar el cuello sobre la camiseta. Arrodillado, me pasé concienzudamente la lengua sobre los labios, eché escupito sobre las manos y me mojé un poco la frente y los pómulos y los ojos. Casi a hurtadillas ladeé la mirada para agarrar al sol recto sobre mi cabeza. A tropezones, con la vista gacha, la luz patinándome por los hombros como una lluvia persistente, fui a recoger en el centro de la cancha la bola.

El tacto del cuero me dio alivio. Se le había concentrado todo el sol, se le asomaba un cototo cerca de la válvula, y me costó agarrarla y envolverla completamente entre las falanges tensas. Entonces busqué el aro, la grave estructura de la malla inviolada en el espacio, sin viento, sin música, ni pájaros, ni espectadores, ni ruido de follaje, ni música desde las casas próximas. Neciamente presentí que yo no podía corromper ese silencio. Cuando se rozaron los faldones de mis pantaloncillos, torcí el cuello temeroso de que alguien viniera a censurarme. Casi sin notarlo, fui poniéndome en cuclillas y sin darle bote a la bola como era mi costumbre, los brazos se fueron atrás, dulcemente se replegaron como quien recoge peces en el océano, entre las rocas una varazón de sardinas, y todo el aire agrietado en el sol se estremece con lo que chorrea la estela. Y yo me fui elevando con el gesto, supe que mis tobillos despegaban de la cancha armónicamente pero definitivos, y mis manos quedaron suspendidas en el espacio y los ojos bailaron el círculo al aro.

La bola coleteaba dentro de la malla.

Olvidé cómo sonó al retornar al asfalto, no sé si cayó alguna vez o si estuvo todo el tiempo amarrada a la red hasta que se jugó el partido contra Ferroviarios, o si rebotó violentamente y fue a estrellarse contra las graderías, o si reventando en el aire la llanta fue pulverizándose en la caída.

Moví toda mi triste insolación hacia los camarines. Fui escupiendo entre dientes mientras orillaba el silencio de las franjas, con los dedos entrelazados encima de las caderas, en la parte de la piel que confina con el anca, que la llamaba el Bachiller Tudanca. Y entonces sentí un necio deseo de ponerme una camisa negra, corbata con adorno de peces y aves multicolores, un traje bien acafiolado, e ir a ver una cabra de Bellas Artes con taller y todo en Dardignac y Pío Nono. Y después comprar entradas al cine y meterme a ver la reposición de *Champagne para César* con Ronald Colman, o *Las nieves de Kilimanjaro*, que era de Hemingway y todo eso. Y después ir a jugar ping-pong en la sede del partido y hablarles demencialmente de Fidel a los de la Base del Pedagógico que tenían tanta labia los gallos. Y después ir al Bier Hall a escuchar a Tito Cambell cantando eso de no puedo darte más que amor, nena, eso es todo lo que te puedo dar, beber cerveza *jusque à tomber*, que le dicen los franceses.

Así que, como tenía un panorama por la tarde, hasta me anduvo cayendo como las reverendas ver a Erika sentada sobre el escaño, enredándose todo el pelo suelto en la punta de los dedos. Yo traté de ponerme paquete, y echar un poco para arriba la ceja, y sacudirme con el dorso la porquería que me iba saliendo de las narices, porque no se estila andar tan cuma delante de una muchacha, por muy virgen que uno sea y etcétera.

Pero me pasó lo increíble, gancho. Además de colorado, de pelota, de toda esa capa estival que fue solita haciéndome contacto con todo el cuerpo, inclusive aquello, de todos los tangos de Mores, Sosa y Rivero que podría haber cantado admirablemente en ese mismo segundo, así se decidiera a salirme aire por los pulmones, además de todo eso, me puse tan profundamente triste, tan avergonzado, con las manos cruzadas sobre los pantaloncillos, que la miré a los ojos y le sonreí, como si alguno de esos huevones de Hollywood estuviera filmándonos para el cinemascope. Pero la verdad es que ni ella ni yo dábamos más que para un rotativo de barrio, ni siquiera para hora veinte minutos de rollo, acaso a lo más para una sinopsis entre medio de una de John Wayne con Robert Mitchum y una de Mel Ferrer con Audrey Hepburn, no dábamos ni para una calcomanía, ni para una nota al margen de una novela; si Dios hubiese existido y fuera un novelista, o un guionista de una película que tiene en la cabeza y que no se la cuenta a los actores, como Antonioni por ejemplo, habría aprovechado ese momento para echarse una siesta o fumar un cigarrillo o llamar por teléfono a un amigo del alma para decirle esas cosas ridículas que hablamos con los amigos del alma. Quiero decir... que si algún día pasan esta película en el cielo, y ustedes logran verla, aunque Dios que está en todas partes (como dicen los que lo han visto) hubiese captado de pura buena gente este pedazo, el tipo que le hace en el laboratorio el montaje habría cortado los pedacitos de nuestra escena y se los habría regalado a los niños que necesitan un trozo de celuloide para mirar los eclipses.

Me llamó por mi nombre soltándose el pelo. Hasta una brisita surgió en ese momento llenándole de polvo las pestañas. Ahora que lo pienso sólo faltaban los violines de Mantovani o algo por el estilo supongo.

—¿En serio? —me dijo.

Eché los hombros para adelante y arrugué fuertemente las cejas.

—¿En serio qué?

—Lo que dijiste antes.

Yo tenía mi hocico agrietado y sus labios estaban húmedos. Era como el retorno a la prehistoria de nuestra vida.

—¿Qué te dije?

—Lo que me dijiste allá en la cancha.

—¿Cuándo?
—Bueno, cuando... me besaste.
Yo quise decirle que no la había besado... Yo quise decirle que todo había sido apenas un intento de asesinato.
—No me acuerdo —gruñí, reojeándole el escote.
—Entonces no era cierto.
Me puse ciertamente furioso. No me importó levantar las manos del pantaloncillo ni nada de eso, ni que el pajarillo saliera volando si era preciso. Yo necesitaba la palma de una mano abierta, y también la otra para agarrotarla y descargar sobre la primera un puñetazo.
—¡Era cierto, cresta! ¡Era muy cierto Erika García!
—¿Qué era cierto?
—¿Cómo que qué era cierto? ¡Lo que te dije allá en la cancha!
Y como si todo lo que existiera en la galaxia fuera un vals o un tango orquestado por Mores, o Piazzolla o la típica de D'Arienzo, o un foxtrot de 1920, la agarré de la cintura y la fui metiendo a los camarines, lo juro por mi madre.
No sé con cuál mano estiré la colchoneta, ni con qué dolor de ella la penetré, ni cómo se fue trizando en mí el ángel ni hasta dónde se desgarraron mis costillas cuando ingresó en mí todo ese olor, y apareció esa fuerte humedad entre sus muslos, ni recuerdo los besos, el signo del zodíaco, la fase lunar, el ángulo del sol sobre la muralla.

Seguro que pasó su media hora antes que ella se bajara la falda, metiese en orden la maraña encima de las orejas, y cubriese finalmente con las yemas el charquicán de pintura negra que le ojereaba alrededor de los párpados. En ese mismo momento sentí una enorme compulsión por ponerme los pantalones y echar la camisa encima de la gloriosa del «Flecha».

—¿Qué hacemos? —preguntó Erika.

Se estaba sacudiendo la falda y siguió muy amorosa de mirada y con la voz ronquita, a lo Greta Garbo, como quien dice.

—¿Cómo que qué hacemos?

—¿Qué hacemos ahora?

Busqué en todo el camarín la respuesta. En seguida me tiré encima la campera.

—No sé. Yo tengo hambre.

Erika hizo esos movimientos con que las jóvenes damas se ajustan lo que tienen en el pecho.

—Yo también —dijo.

Me rasqué el estómago, contentísimo.

—A decir verdad, yo tengo mucha hambre. Debe ser la hora de almuerzo.

—Vamos a almorzar a mi casa.

Me di un tiempo para rascarme la nariz y otro para quedarla mirando.

—¿Qué hay?

—¿Como que qué hay?

—¿Qué hay para comer?

Terminó de maniobrar una cinta que le puso en redil el resto de las mechas. Con la punta de los dedos le hice volar un trozo de periódico de encima de la sien derecha.

—Pollo.

—¿Pollo con qué?

—Con puré y ensalada.

—Está bien —dije—. Vamos.

Agarré la pelota y caminamos hacia la puerta de salida. Casi al salir, le hice dar la vuelta tomándola del codo.

—Espérate un poco —le dije—. Quiero que veas una cosa.

Me adelanté unos metros dándole botes al balón hasta que estuve en la zona de bomba, y ubiqué prolijamente mis pies sobre la raya del tiro libre.

—Ahora fíjate bien —le ordené con un gesto.

Puse la bola entre las piernas y la impulsé con toda la suavidad del mundo, como quien despide en Valparaíso un barco que va a cualquier parte. El balón montó por encima del tablero y fue a perderse entre unos cascajos del fondo de la cancha.

No volví a jugar basketball. Años después publiqué un libro de cuentos, y hace poco terminé de escribir mi primera novela.

A Erika le dije:

—Vámonos a comer ese pollo.

DESNUDO EN EL TEJADO

¿Y qué pretendes?
¿Que viva desnudo en el tejado?

ÍNDICE

El ciclista del San Cristóbal 7

A las arenas 29

Una vuelta en el aire 65

Final del tango 89

Pajarraco 97

Basketball 111

Desnudo en el tejado 135